D1523440

Tierra de nadie

FERNANDO GAMBOA

ASIN: B00W45HF8E

Prólogo del autor

Pues aquí estamos de nuevo, querido lector. Tú, yo y cuarenta mil palabras por delante —después de lo que hemos pasado juntos en anteriores novelas, estoy seguro de que me permitirás el tuteo—, listos para embarcarnos en una nueva aventura de nuestro común amigo Alejandro Riley. Es curioso, pero parece que fue ayer cuando le dejamos bien acompañado en una cafetería a orillas del río Potomac, y ya estamos otra vez preparando el petate y comprobando el cargador de nuestra Colt del 45.

En esta ocasión, sin embargo, lo que voy a relatar no es lo que sucedió a partir de aquel instante en el que Riley estaba a punto de… bueno, ya sabes. La historia que te voy a contar aconteció unos años antes de los hechos que escribí en la novela *Capitán Riley*, y es una de esas historias que se suelen narrar ante los rescoldos de una chimenea o al final de una larga velada, mientras se sostiene una copa en la mano con la mirada perdida en algún punto indefinido de la memoria. Podría decirse que el relato de *Tierra de nadie* es una novela breve, o quizá un cuento largo, que no requiere de haber leído previamente *Capitán Riley* para disfrutarlo. Algo más escueto que la novela original, pero en cualquier caso igual de divertido además de una buena introducción para los no iniciados.

Pero es probable que en este mismo momento te estés preguntando: ¿Y por qué demonios no ha escrito la secuela de *Capitán Riley*? ¿Tanto tiempo esperando y me viene con estas? ¿Un año entero para escribir ciento y pico páginas? ¡Será vago el tío!

Y la verdad es que sí, que un pelín vago sí que soy, pero no es esa la razón. Lo que sucede es que me hallo inmerso en la redacción de *Capitán Riley II*, pero como la nueva novela —esta sí, la continuación de la primera— no estará lista hasta finales de año, he tenido la feliz idea de escribir este relato que permitirá a los viejos amigos del capitán reencontrarse con él en una nueva aventura antes de Navidad, podría decirse que para ir abriendo boca.

Y claro está, para aquellos que aún no lo conocéis, esta es también una buena oportunidad para descubrir quiénes son Alejandro Riley o Jack Alcántara, o por qué *Capitán Riley* ha llegado a ser la novela más leída y mejor valorada por los lectores de Amazon España en 2014.

En fin, amigo lector, con esto creo que ya he dicho todo lo que tenía que decir. Espero que disfrutes con la lectura de *Tierra de nadie* y que esta solo sea una más, de las muchas correrías que aún hemos de vivir juntos a partir de ahora.

Que dé comienzo la aventura.

«¿Y sabe otra cosa? Este país es demasiado bello como para que los fascistas lo hagan suyo. Ya han convertido Alemania, Italia y Austria en algo tan repugnante que incluso el paisaje es feo. Cuando conduzco por las montañas de aquí y veo las montañas de piedra y los campos áridos a ambos lados, los parasoles clavados en la arena de las playas, los pueblos del color de la tierra y los lechos de grava de los ríos, la cara de sus agricultores, pienso: ¡hay que salvar España para la gente decente, es demasiado hermosa como para desperdiciarla!»

Carta de Martha Gellhorn a Eleonor Roosevelt
1938.

1

24 de agosto de 1937
43 kilómetros al sureste de Zaragoza.
España.

Aquel mediodía de finales de agosto de 1937, el sol se abatía como una maldición bíblica sobre los quinientos hombres del Batallón Lincoln que marchaban por el estrecho camino de tierra, formando una columna más o menos homogénea que se prolongaba durante casi medio kilómetro. Cargaban cada uno de ellos con un fusil máuser, una manta, un hato con una taza y un plato de latón, municiones en el cinto y un par de mudas tan desgastadas y sucias como las que llevaban puestas en ese momento. Cubiertos del fino polvo amarillo de aquellas tierras, semejaban un fatigado desfile de muertos vivientes que hubieran salido a dar una vuelta.

El hipnótico canto de las cigarras se sobreponía al áspero rumor de mil botas arrastrándose. Allá donde se dirigiera la vista, campos de olivos y tierras resecas y abandonadas a causa de la guerra se extendían hasta el horizonte. A sus espaldas, hacía horas que había desaparecido en la distancia el humeante campanario del pueblo de Quinto, conquistado apenas el día anterior a un precio demasiado alto por aquellos mismos hombres. Al frente, se perfilaba contra un cielo azul desvaído la silueta oscura, chata y alargada del lugar que era su auténtico destino: Belchite.

El teniente Alejandro M. Riley caminaba a la cabeza de la Primera Compañía. El pelo negro sucio y alborotado le caía sobre la frente casi hasta la altura de los ojos ambarinos, entrecerrados hasta ser poco más que dos finas muescas enmarcadas en una espesa barba que cubría su ancha mandíbula y que no había podido afeitarse desde hacía dos semanas. La camisa que tiempo atrás había sido blanca se le pegaba al cuerpo como una apestosa segunda piel, los gastados pantalones de lanilla parecían de esparto, las viejas botas apenas se alzaban del suelo a cada paso y la pistola Colt que llevaba al cinto le pesaba como si cargara un mortero.

Alex Riley avanzaba con el paso cansino de alguien que lleva marchando desde la madrugada bajo un calor infernal, pero se obligaba a mostrarse animado para no aparentar debilidad ante los soldados que le acompañaban formando un pequeño grupo de avanzadilla. Ahí estaban entre muchos otros los sargentos Vernon Shelby —un estudiante de West Point que no terminó la carrera—, John G. Honeycombe —miembro del Partido Comunista de California—, Harry Fisher —un arquitecto de Ohio recién graduado— y Joaquín Alcántara, un orondo cocinero gallego radicado en Brooklyn, fiel amigo de Alex desde el inicio de la guerra y que le había salvado la vida durante el nefasto asalto del Pingarrón seis meses atrás.

En ese momento, levantando una nube de polvo a su paso, los alcanzó el comandante Robert Merriman a lomos de un caballo tordo. Tirando de las riendas hizo que el animal se detuviera junto a ellos y con un ágil movimiento descabalgó de un salto y se plantó frente a Riley.

El antiguo profesor de economía de la universidad de California y ahora comandante de aquel batallón integrado únicamente por voluntarios estadounidenses era un hombre inteligente y resuelto. Bien parecido, era tan alto como Riley y en cualquier circunstancia lucía impecable su gorra de plato, la guerrera de comandante y unas botas de caña alta hasta las rodillas que semejaban inmunes al pegajoso polvo de los campos españoles.

—¿Cómo va todo por aquí, Alex? —preguntó sin preámbulos, haciendo un aparte con él.

—Bastante bien —contestó, y echando un breve vistazo a los hombres añadió—: Aunque creo que este sería un buen momento para descansar y reponer fuerzas a la sombra de los olivos; los hombres están exhaustos.

Merriman miró a su alrededor, entrecerrando los párpados tras sus anteojos.

—Me parece una buena idea. Acamparemos aquí a la espera de órdenes. Y ocúpese de que caven unos cuantos pozos de tirador en el límite del olivar. No quiero sorpresas.

—A la orden —contestó, y acercándose le preguntó en voz baja—: ¿Le han dicho para cuándo tiene planeado el asalto?

Merriman torció el gesto.

—Quién sabe, Alex —le contestó en el mismo tono, fuera del alcance de los oídos de los hombres—. Ojalá que nunca. Ya sabes que pienso que atacar este cochino pueblo es una soberana estupidez que nos va a costar tiempo y vidas, pero en el Ministerio de Guerra insisten en que lo hagamos y nadie ha sido capaz de convencer a Indalecio Prieto de lo contrario. Así que… —dejó la frase sin acabar, encogiéndose de hombros.

Riley chasqueó la lengua con desagrado.

—Ya.

—Exacto —coincidió Merriman—. De modo que quedémonos aquí y esperemos acontecimientos.

—¿Cree que podrían cambiar de opinión? —inquirió el teniente, levemente esperanzado.

El comandante Merriman negó con la cabeza.

—Nunca lo hacen —le recordó.

Y dicho esto se acercó al caballo, caló la bota en el estribo y, con la misma facilidad que había empleado al descabalgar, volvió a subir a él y regresó a retaguardia levantando una nube de polvo a su paso.

Alex Riley se aproximó al sargento Joaquín Alcántara, y tomándole del brazo señaló un punto unas decenas de metros más adelante.

—Jack, el comandante ha dado orden de que montemos aquí el chiringuito, así que toma a tu pelotón y que caven un par de pozos de tirador ahí delante, junto a esos olivos.

—Ya era hora —protestó el gallego, enjugándose el sudor de la frente con la manga—. Parecía que nos quisieran llevar desfilando hasta la plaza del pueblo.

—Yo aún no lo descartaría —sonrió sin humor—. Pero de momento, vamos a plantar el culo a la sombra y a descansar hasta recibir nuevas órdenes.

—¿Qué te ha dicho Merriman?

—Nada. Está cabreado por estar aquí en lugar de marchando hacia Zaragoza, pero también tiene que acatar órdenes.

—¿Y tú qué opinas?

Dirigió la mirada hacia Belchite, dos kilómetros más allá. Era un hermoso pueblo de arracimadas casas de piedra y techos de teja ocre que, en la distancia y desde el lado norte donde lo observaban, semejaba tan compacto e impenetrable como una muralla.

—¿Será tan jodido como aparenta? —añadió

Alex apoyó la mano en el hombro de su amigo, mirando en la misma dirección.

—Quién sabe. He oído que contaremos con apoyo aéreo y de artillería, pero aun así… Ese pueblo es como un castillo medieval.

—Se rumorea que hay como mil nacionales atrincherados ahí dentro. Muchos de ellos moros.

—Eso dicen.

Jack le miró de reojo.

—Eso son muchos nacionales juntos, y los moros lucharán hasta el final porque saben que si los capturamos los fusilaremos.

—Pues entonces tendremos que matarlos a todos —contestó fríamente.

El gallego, ahora sí, se volvió hacia su superior.

—Hace seis meses no habrías dicho eso —murmuró en un velado reproche.

Los músculos de la mandíbula de Alex se tensaron.

—Hace seis meses —dijo al cabo de un momento sin desviar la vista del horizonte—, yo era otro.

—Pues me caía mejor ese otro, si te soy sincero.

Riley se volvió hacia su segundo con la ira flameando en las pupilas. De no tratarse de él le habría hecho arrestar en ese mismo momento. Aun así, necesitó unos segundos para recobrar la calma.

—Puedes ir a visitarle cuando quieras —replicó entonces, apenas conteniendo la irritación—. Está enterrado en las faldas del Pingarrón junto con el resto de su compañía. Asesinado por los mismos que se esconden en ese maldito pueblo.

—Ya lo sé, *carallo*. Yo también estaba allí, ¿recuerdas? Soy el fulano que te sacó a rastras cuando te estabas desangrando con un tiro en el pecho.

Instintivamente, Alex se llevó la mano a la cicatriz de bala junto al corazón, que le había tenido cuatro meses en el hospital de Valencia al borde de la muerte. Pero no era esa la herida que no le dejaba dormir por las noches y ensuciaba su alma con una costra de resentimiento.

—Ya basta de cháchara —atajó cortante—. Haz lo que te he dicho y no tardes. Antes de que atardezca quiero a toda la sección a cubierto.

—A sus órdenes, camarada teniente.

Joaquín Alcántara se cuadró, llevándose el puño cerrado a la sien a modo de saludo. Lo hizo de un modo tan absurdamente marcial que era imposible no darse cuenta de que se estaba choteando.

—Vete a la mierda, Jack —masculló Riley, antes de darse la vuelta y encaminarse a repartir órdenes al resto de suboficiales.

2

Un par de horas más tarde el Batallón Lincoln al completo ya había hecho suya la falda norte de una pequeña loma sembrada de olivares, al abrigo del sol y de la línea de tiro de los defensores de Belchite. A buen seguro les estaban observando en ese mismo momento con prismáticos, del mismo modo que lo hacía, parapetado tras los sacos terreros, el general Waclaw «Walter» Swierczewski: un militar de origen polaco del Ejército Rojo proveniente de la Academia Militar de Moscú, de mirada gélida y actitud inflexible, al que se le había entregado el mando absoluto de las Brigadas Internacionales en el que se encuadraba el Batallón Lincoln.

A su lado, como una sombra silenciosa, el comisario político destinado también a las Brigadas Internacionales, André Marty —un francés siniestro de mirada huidiza al que apodaban «El carnicero de Albacete»—, se mantenía al margen observándolo y escuchándolo todo con las manos a la espalda.

—Camarada general —irrumpió la potente voz de Merriman.

—¿Sí? —contestó el general Walter sin volverse ni despegar los ojos de los binoculares.

—Ya han llegado todos los oficiales. Podemos empezar cuando usted quiera.

—¿Qué es aquello? —preguntó sin embargo con su acento ininteligible, señalando al frente.

Robert Merriman se puso a su lado haciendo visera con la mano, tratando de adivinar a qué se refería.

—¿Ese gran edificio de piedra de tres plantas con un campanario? Se trata del convento de San Rafael.

—¿Monjes?

—Monjas, creo.

—Entiendo. ¿Y ese otro… justo en la entrada del pueblo?

—Ese es el convento de San Agustín.

El general apartó ahora sí la mirada de los prismáticos y se volvió hacia el comandante con gesto incrédulo.

—Bromea. ¿Dos conventos tan grandes en un pueblo tan pequeño?

Merriman se encogió de hombros. Estamos en España, venía a decir.

—Creemos que este último está abandonado.

El general Walter volvió a llevarse los binoculares a la cara, para estudiar el edificio con renovado interés.

—Interesante… —murmuró en voz baja.

Se tomó su tiempo en comprobar que no había piezas de artillería ni búnkeres en los aledaños del pueblo, y con expresión satisfecha se dio la vuelta para dirigirse al pequeño cónclave que le esperaba formando un semicírculo frente al costado de un camión de suministros, en el que habían sujeto un detallado mapa del pueblo y alrededores.

—Camaradas —saludó con una leve inclinación de cabeza a los cuatro capitanes y quince tenientes que representaban a toda la oficialidad del Batallón Lincoln.

—Camarada general —respondieron al unísono, poniéndose firmes.

—Descansen —repuso Walter con un gesto displicente.

Entonces, con las manos entrelazadas a la espalda, se plantó frente al mapa durante dos largos minutos, dándoles la espalda a los oficiales que aguardaban en silencio a que el general tomara la palabra.

—*Khorosho... Otlichno* —dijo para sí en ruso, y nadie supo qué significaba hasta que se dio la vuelta y repitió—: Bien... Excelente.

El general al mando de las Brigadas Internacionales sonrió, pero no había nada agradable en aquella sonrisa.

—Camaradas americanos —dijo paseando la mirada entre los presentes—. Al Batallón Lincoln se le ha encomendado la gloriosa misión de conquistar el pueblo de Belvitche.

Merriman, de pie a su lado, carraspeó discretamente.

El general le miró, luego al mapa, y corrigió sin interés:

—El pueblo de Belchite. Se llame como se llame, su misión será asaltarlo desde el norte —se hizo a un lado y apoyó el índice en el mapa—. Estas son nuestras posiciones, y para mañana se habrá cerrado totalmente el cerco alrededor del pueblo por parte de las tropas al mando de los camaradas Líster y Modesto, aislándolos de las líneas de suministro nacionales. Entonces comenzarán los bombardeos por parte de la aviación y la artillería para ablandar las defensas, y en dos o tres días iniciaremos el asalto en el que ustedes tomarán la iniciativa, bajando por esta ruta —resiguió la delgada línea negra que pasaba justo por donde estaban y llegaba hasta el flanco noroeste del pueblo—, haciéndose en primer lugar con estos dos edificios de aquí: una fábrica de aceite y un convento abandonado, que nos servirán de cabeza de puente. Una vez hayan asegurado sus posiciones, otras cuatro divisiones de tanques e infantería atacarán por todos los flancos hasta arrasar cualquier resistencia —dibujó una mueca que pretendía ser una sonrisa y, cerrando el puño ante sí, añadió—: y destruir completamente al enemigo.

La veintena de oficiales se removieron con inquietud, por lo que Merriman se apresuró a añadir:

—Contamos con cuatro divisiones, unos veinticuatro mil hombres, así como numerosas piezas de artillería que bombardearán el pueblo sin descanso hasta minimizar las fuerzas enemigas. El alto mando estima que, para cuando iniciemos el asalto, apenas encontraremos resistencia.

—Camarada comandante —intervino Michael Law, el primer oficial de raza negra en la historia de los Estados Unidos que dirigía una unidad de hombres blancos y capitán de la Primera Compañía en la que estaba encuadrado Riley—, ¿qué significa exactamente lo de que «tomaremos la iniciativa», y que «una vez que hayamos asegurado posiciones atacarán el resto de divisiones»?

Merriman miró de reojo a Walter antes de contestar en su nombre:

—Significa justo lo que parece, capitán. Se ha decidido que nosotros iniciemos el asalto por el norte, y así distraer a las defensas para que el resto del ejército ataque por el este y el sur.

El capitán Law frunció el ceño.

—Entiendo… —mascculló—. Distraer a las defensas.

—¿Algún problema con eso, capitán? —intervino el general polaco.

—Ningún problema, camarada general —contestó con un sarcasmo muy poco sutil—. El Batallón Lincoln, como siempre, listo para entrar en combate en primera línea.

Los labios del general Walter se estiraron en una mueca cruel.

—Me agrada mucho oír eso, camarada capitán —replicó el polaco, taladrándole con la mirada—. Porque entonces estará encantado de saber que su propia compañía irá en cabeza en el asalto inicial.

—A la orden, camarada general —replicó Law alzando la barbilla orgullosamente como si estuviera encantado con aquella orden.

Sin embargo tuvo la prudencia de no añadir nada más. Volvió la vista a su izquierda y su mirada se cruzó con la de Riley, a quien le dedicó un velado gesto de disculpa.

El general Walter se llevó las manos de nuevo a la espalda y guardó silencio unos segundos, antes de interpelar:

—¿Alguna otra pregunta?

Esta vez nadie osó plantear sus dudas en voz alta, y el comandante Merriman volvió a intervenir:

—Creemos que los defensores cuentan con unos mil efectivos; entre voluntarios, requetés, falangistas y moros. Es probable que dispongan de alguna pieza de artillería oculta, razón por la cual no podemos iniciar el ataque con los tanques. Pero como ha dicho antes el general, para cuando lancemos el asalto las fuerzas enemigas ya estarán muy mermadas y posiblemente se habrán rendido.

En un reflejo involuntario, Riley resopló por la nariz. Un gesto que no pasó desapercibido para el general polaco.

—¿Desea decir algo, teniente?

Alguien a su lado le pisó intencionadamente. Incluso el propio comandante parecía pedirle con la mirada que mantuviera la boca cerrada.

Pero callarse nunca había sido una de sus virtudes.

—En realidad no, camarada general. Solo estaba pensando... —carraspeó— en que todos sabemos de sobra que el enemigo no va a rendirse. Ellos saben que casi siempre los fusilamos, sobre todo a los moros, igual que hacen ellos con nosotros. Así que yo no me rendiría si estuviera en su lugar y no contaría con que ellos lo hagan. ¿No sería más sensato —añadió, saltándose los límites de la prudencia—, dejarles a los nacionales un corredor para que puedan huir? Salvaríamos muchas vidas y sería mucho más fácil conquistar el pueblo. Como decía mi madre española: «A enemigo que huye, puente de plata».

El general dio dos pasos al frente y el resto de oficiales se apartó como las aguas del Mar Rojo.

—Muchas gracias por compartir con nosotros la opinión sobre táctica militar de su madre, teniente...

—Riley. Alex Riley.

—Permítame preguntarle algo, teniente Riley. Antes de alistarse en las Brigadas Internacionales, ¿qué era usted? ¿Cuál era su profesión?

—Oficial de la Marina Mercante de los Estados Unidos, camarada general.

—Un marino… comprendo. ¿Y sabe cuál era mi profesión antes de venir a esta guerra?

—Lo ignoro, camarada general.

—Profesor de alta estrategia en la Academia Militar de Moscú. ¿Qué le dice eso?

Alex pareció pensarlo un momento.

—No sé… ¿Que sus alumnos deben estar tomándose unas buenas vacaciones?

Karol Waclaw Swiercewski parpadeó incrédulo ante la irrespetuosa réplica del americano. Y entonces sonrió. Hasta el soldado más tonto del regimiento sabía que aquello nunca auguraba nada bueno.

—Comandante —dijo entonces, volviéndose súbitamente hacia Merriman—, necesitamos un informe de primera mano de las posiciones enemigas, así que quiero que uno de sus hombres se aproxime al pueblo e identifique con detalle la disposición de las fuerzas defensivas en su interior.

—A la orden, camarada general.

—Le encomiendo que ese hombre —añadió, volviéndose un momento hacia Riley—, sea este teniente tan ingenioso. Mañana por la mañana quiero que me entregue un informe completo en el centro de mando o de lo contrario será usted mismo quien salga en la próxima patrulla. ¿He sido claro?

—Cristalino, camarada general.

—Excelente.

Sin mediar una palabra más le dio la espalda al grupo de oficiales. A grandes zancadas se alejó camino del vehículo que le esperaba a unos pocos metros con el chófer apoyado en el capó, se subió a él y, escoltado por dos motoristas, partió de inmediato dejando una estela de polvo amarillo.

El resto de asistentes a la reunión se dispersó en silencio regresando a sus unidades. Riley, en cambio, sintió una mano apoyándose en su hombro que le detuvo.

—Eres un bocazas —dijo la voz de Law a su lado.

—Dígame algo que no sepa, capitán.

—¿Por qué has tenido que hacerlo?

En respuesta, Alex simplemente se encogió de hombros.

En ese momento Merriman, que había acompañado al general hasta su coche, regresó sobre sus pasos mientras negaba con la cabeza una y otra vez.

—¿Pero se puede saber en qué demonios estabas pensando? —le espetó, abriendo las manos—. ¿Es que quieres que el general te mande fusilar por insubordinación?

—Me preguntó y di mi opinión.

—¡Tu opinión! ¡Y a quién le importa tu opinión! —exclamó airado, clavándole el índice en el pecho—. ¡Tú estás aquí para obedecer órdenes y contestar que sí a todo, no para opinar!

—Pensé que…

—¡No pienses, joder!

Riley tenía la réplica en la punta de la boca, pero se dio cuenta de que Robert Merriman estaba realmente molesto porque de verdad le apreciaba.

—Le pido disculpas, camarada comandante —dijo en cambio—. No volverá a suceder.

—Claro que no volverá a suceder, so ceporro —el tono de su voz no cambió aun con la disculpa—. Lo más seguro es que te peguen un tiro en esa estúpida patrulla.

—Haré todo lo que esté en mi mano para que no sea así.

—Esta vez la has metido hasta el fondo, Alex —intervino de nuevo Law.

Merriman se lo quedó mirando también, con un gesto no muy diferente al empleado con Riley.

—Mejor cállese, Law. Que usted también tiene lo suyo.

—Sí, camarada comandante.

Este se pasó la mano por la frente en un gesto de infinito cansancio.

—No me puedo creer que los dos mejores oficiales que tengo sean los más tontos de todo el ejército republicano.

—Gra…

—Le he dicho que se calle, Law.

—A la orden.

Merriman comenzó a andar en círculos, meneando la cabeza y resoplando furioso al mismo tiempo.

—A pesar de lo burros que sois, desearía hacer algo para ayudaros. Quizá pudiera tratar de convencer al general de que os habéis disculpado y hacer que vaya otro a esa patrulla. Puede que si vais en persona al centro de mando y…

—Comandante —le interrumpió Riley— …Bob.

El aludido se detuvo y levantó la vista.

—Gracias, camarada comandante —añadió Alex—, pero no haga nada de eso. No voy a disculparme con el general y tampoco quiero que otro ocupe mi lugar. Iré a esa patrulla y regresaré con el informe. Yo me he metido en el lío y yo saldré de él.

Merriman miró fijamente al teniente de la primera compañía y luego volvió la cabeza hacia el campo que les separaba del pueblo de Belchite. Un páramo seco y llano, salpicado de olivos y matojos, sin apenas lugares donde ponerse a cubierto y observar.

—Espero que así sea —dijo al cabo, dándole una amistosa palmada en el hombro, aunque tanto su tono de voz como su expresión dejaban claro que en realidad lo dudaba mucho.

3

El sol, inflamado por el polvo y el humo, apenas distaba ya una cuarta del horizonte por el que acabaría por desaparecer en unos pocos minutos.

Los ciento diez hombres de la Primera Compañía se desperdigaban en un área de cincuenta metros, agrupados por secciones alrededor de pequeñas hogueras y preparándose para ir a dormir, la mayoría sobre sus raídas mantas invadidas de chinches.

Junto a una de esas hogueras, con la mirada puesta en el seco crepitar de la madera de olivo consumiéndose en el fuego, Alex Riley permanecía sentado en el suelo y con las piernas cruzadas, comprobando meticulosamente el mecanismo de su pistola Colt mientras Joaquín Alcántara, sentado a su lado, le decía:

—Eres un bocazas.

—Es la tercera vez que me lo repites, Jack.

—Eres un bocazas.

Riley puso el seguro al arma y la enfundó en su cartuchera.

—Ya vale, sargento.

El gallego bufó. Estaba claro que no pensaba lo mismo.

—¿Para eso arriesgué mi vida en el Pingarrón? ¿Para que ahora te suicides?

Riley le miró de reojo.

—No seas melodramático, Jack. Pareces mi madre.

—Si fuera tu madre ya te habría dado un buen sopapo.

Alex levantó la vista y vio que Shelby, Honeycombe y Fisher, los otros sargentos de la sección sentados junto a ellos, así como media docena de cabos, los miraban atentamente y no se perdían palabra de la conversación.

—Sargento Alcántara —dijo con súbita gravedad, dirigiéndose a su amigo—, una palabra más y lo hago arrestar.

—Bocazas —repitió el otro, desafiante.

Riley decidió que, aun siendo su gran amigo, no podía permitir tal falta de respeto frente al resto de suboficiales, así que se puso en pie de un salto para decirle que estaba arrestado.

Pero justo entonces, irrumpió en el círculo de luz de la hoguera la figura del comandante Merriman, y se diría que aún más impecablemente vestido de lo que ya era habitual en él. Esgrimía una ancha sonrisa, y con paso resuelto se acercó a Riley como si no se hubieran visto en años.

—Buenas noches, camarada teniente Riley —le saludó, tendiéndole la mano.

Desconcertado, Alex le devolvió el apretón tratando de disimular su extrañeza.

—Buenas noches… camarada comandante Merriman.

—¿Todo listo para su misión?

—¿Mi misión? Sí… claro, supongo.

—¡Me alegro, me alegro! —le interrumpió con exagerada vehemencia. Parecía un mal actor sobreactuando en su primera audición.

—¿Está usted bien, comandante?

La pregunta que tenía en mente era si estaba borracho, pero por una vez la prudencia fue más rápida que su lengua.

—¡Perfectamente! —replicó—. Estaba haciendo una ronda para animar a la tropa y he pensado en venir a desearle suerte antes de que se vaya.

Aquello era cada vez más raro.

—Oh, pues… gracias, camarada.

—Llámame Bob. Los hombres valientes pueden llamarme Bob, teniente.

—Claro, comandan…

—Déjeme que le presente a un par de amigos que han venido a visitarnos, Alex —le interrumpió de nuevo, y haciéndose a un lado hizo una señal a dos civiles que aguardaban a una decena de metros para que se acercaran.

No era algo extraordinario que políticos del gobierno de la República se acercaran al frente en los días previos a una ofensiva, rodeados de fotógrafos y lameculos, creyendo erróneamente que de ese modo alentaban a los soldados a luchar con más ahínco. Pero aquellos dos civiles no eran políticos en absoluto.

Se trataba de un hombre y una mujer, ambos tan altos como Riley, y de lejos identificó en ellos esa resolución en la forma de andar tan propia de sus paisanos.

Él era un tipo grande, de semblante rubicundo y mirada intensa tras unas gafas de montura redonda, un modesto bigote haciendo juego con la boina negra que cubría su cabeza y una corbata anudada a una vieja camisa gris sucia de polvo y sangre.

Ella era una rubia de piernas interminables que, aunque enfundadas en unos amplios pantalones, levantaron admiración y no pocos silbidos en los brigadistas junto a los que pasaban. Sus inteligentes ojos azules destacaban en un rostro definitivamente más atractivo que hermoso. Solo con mirarla un instante se adivinaba en ella una personalidad fuerte e independiente.

—Teniente Riley —dijo Merriman con una imperceptible inclinación de cabeza—, te presento al señor Ernest Hemingway, de la *North American Newspaper Alliance* y a la señorita Martha Gellhorne, de la revista *Collier's Weekly*. Ambos son reputados periodistas americanos afines a nuestra causa.

Alex les estrechó la mano, aún parpadeando confuso.

—Encantado.

—El placer es todo nuestro —repuso Hemingway, con una profunda voz de barítono—. Siempre es un honor conocer a un hombre valiente.

Alex Riley no supo qué responder a aquello, y asintiendo miró de reojo a Merriman, tratando de averiguar qué les había contado y de qué iba todo aquello.

Gellhorne pareció adivinar su perplejidad, y acercándose a Alex le dijo con una sensualidad real o imaginaria pero que de cualquier modo era turbadora:

—Ernest y yo hemos venido a cubrir el ataque a Belchite, teniente Riley, y durante la cena con su comandante nos ha hablado de usted. De su heroica actuación en la batalla del Jarama y de que esta misma noche piensa infiltrarse usted solo en las líneas enemigas para recopilar información.

Riley volvió a mirar a Merriman, y esta vez aquel le guiñó un ojo cómplice.

—¿Eso le ha dicho? —inquirió torciendo el gesto—. Pues lamento comunicarle que las cosas no son siempre lo que parecen. Ni soy un héroe ni pretendo serlo.

Martha Gellhorne sonrió levemente.

—Eso es lo que el comandante nos ha dicho que contestaría.

—La respuesta de un auténtico héroe —subrayó Hemingway.

Riley cabeceó con cansancio.

—¿Saben cuál es la verdadera definición de héroe? —les preguntó a ambos—. Alguien que consigue que maten a los que están a su alrededor.

—Está bien, está bien —claudicó Hemingway, acercándose a Riley y pasándole el brazo por los hombros con una arrolladora familiaridad—. No vamos a discutir por eso, ¿no? —E indicando el suelo añadió—: ¿Por qué no nos ponemos cómodos y conversamos un rato?

Riley olió los vapores del whisky que emanaban del aliento del periodista.

—No estoy de humor —contestó.

Gellhorne apoyó la mano en su brazo.

—Por favor… teniente.

Riley se volvió hacia su comandante, pero con solo una mirada Merriman le dejó claro que tenía que apechugar.

—Teniente —le conminó además—, complazca a nuestros amigos mientras resuelvo unos despachos; sus reportajes valen tanto como los tanques en esta guerra. Yo volveré dentro de un rato —concluyó y se marchó con una inclinación de cabeza.

Alex buscó con la mirada a Jack en busca de apoyo moral, pero el gallego solo tenía ojos para la rubia periodista, que al igual que Hemingway ya se estaba sentado.

—Nos gustaría hablar con usted —dijo entonces, sacándose un pequeño bloc del bolsillo—. Que nos hablara de su experiencia como voluntario en esta guerra.

—¿De mi experiencia? —inquirió, sentándose también de mala gana.

—Cómo se siente —terció Hemingway—. Por qué lucha. Por quién lucha…

Riley miró fijamente al corpulento periodista antes de contestar:

—Lucho por ellos —señaló a los hombres alrededor de la hoguera—. Por que puedan regresar a casa sanos y salvos.

—Y por la causa, claro —añadió Hemingway.

Alex miró de reojo al periodista, pero guardó silencio.

—¿Y qué me dice de la guerra? —preguntó Gellhorne—. ¿Cree que la van a ganar?

Riley tomó un guijarro del suelo y lo lanzó a la hoguera, aparentemente distraído y como si no hubiera escuchado la pregunta. Se levantó una nube de chispas.

—Nadie va a ganar esta guerra —dijo finalmente con voz cansada—. Suceda lo que suceda, todos van a perder.

—No es eso lo que esperaba oír —confesó Martha.

—¿Quiere un discurso sobre la libertad, la democracia y cosas por el estilo?

—Sobre la decencia, quizá. La justicia. La moral…

—Esas palabras no tienen cabida en la guerra, señorita Gellhorne.

—¿Entonces no tiene ideales? —intervino Hemingway—. ¿No lucha contra el fascismo?

—No me venga con cuentos. Esas son las palabras que utilizan los desalmados que organizan las guerras, para convencer a los idiotas como nosotros a que se alisten.

—Pero usted es voluntario. Se alistó para luchar por una causa.

—Las razones por las que me alisté son cosa mía.

—No todas las guerras son iguales, teniente.

Riley respiró profundamente antes de contestar:

—No, todas no, y por eso me presenté voluntario para luchar en esta. Pero al final, en esta y en todas, descubres que solo hay sangre, dolor y mierda. Si busca conceptos elevados e ideologías, se ha equivocado de sitio.

—Por si no lo sabe, yo también fui soldado —alegó Hemingway, ahora sí molesto—. De modo que tampoco pretenda darme lecciones.

—Ya sé que estuvo en la Gran Guerra, señor Hemingway… conduciendo una ambulancia —replicó Riley.

El gesto del periodista cambió rápidamente.

—¿Sabe quién soy?

—Claro que lo sé. Leí *Adiós a las armas*. Aunque más bien lo intenté porque no pude acabarlo. Me aburrí soberanamente.

El escritor le devolvió una mirada altiva.

—No todo el mundo es capaz de apreciar un buen libro.

—Puede ser, pero aun así sigue siendo un tostón.

Hemingway se incorporó, tambaleando ligeramente.

—¿Quiere pelea, amigo? —preguntó remangándose—. Ha habido hombres a los que les he partido la cara por menos de eso.

—¡Siéntate, Ernest! —le conminó Gellhorne con autoridad—. Hemos venido a hablar con el teniente, no a que te pelees con él.

—Tranquila —dijo Alex despreocupadamente—. No peleo con gente borracha a menos que yo también lo esté.

Hemingway se abalanzó sobre Riley.

—¡Te voy a…!

Pero antes de que diera el primer paso, Joaquín Alcántara saltó como un resorte y se materializó ante él como salido de la nada.

—¿Pero qué diantres…? —farfulló el periodista.

—Cálmese, amigo —le dijo el gallego, poniéndole la mano en el pecho—. ¿Por qué no viene conmigo a dar una vuelta? A mí sí que me gustó su novela.

—Oiga, déjeme en paz. No voy a…

—Vamos, por aquí —añadió agarrándole del brazo e ignorando sus protestas, llevándoselo con él casi a rastras—. Le presentaré al resto de la compañía.

—Pero…

Lo último que se escuchó mientras se alejaban fue a Jack preguntándole:

—Usted vivió en París, ¿no? ¿Es cierto lo que dicen de las francesas?

Riley y Gellhorne se quedaron sentados, viendo como el gallego se llevaba al periodista.

—Le pido disculpas por el comportamiento de Ernest, teniente.

Riley le quitó importancia con un gesto.

—No pasa nada, he sido yo quien le ha provocado.

Gellhorne frunció el ceño.

—¿Y por qué ha hecho eso? ¿Sabe que sus reportajes son los más leídos en Estados Unidos?

—Sí, lo sé. Pero para él es solo una guerra más. Siempre está hablando de valor, héroes e ideales, pero cuando la mayoría de los que estamos aquí hayamos muerto y nos estemos pudriendo en alguna trinchera, él estará en su barco pescando marlines frente a las costas de Florida con un vaso de whisky en una mano y un puro en la otra.

—Pero esa es su profesión —alegó ella—. Es periodista, como yo. Contamos lo que vemos para que el mundo lo sepa. Somos los testigos de lo que aquí sucede.

—¿Y qué? Nada va a cambiar, hagan lo que hagan o digan lo que digan. A nadie le importa, en realidad.

—A mis lectores les importa. Si no, no leerían mis reportajes.

Riley meneó la cabeza.

—Perdone que se lo diga, pero para los lectores sus artículos solo son una distracción, un entretenimiento entre la sección de sociedad y la de deportes. A la inmensa mayoría les importa una mierda quién lucha y por qué en esta guerra civil.

Gellhorne fue a replicar airadamente, pero el alegato murió en la punta de su lengua.

—Puede que tenga razón… —dijo en cambio, mirando los encallecidos rostros de los soldados, recostados alrededor del fuego—. Quizá yo solo sea parte de este espectáculo. Como el crítico de teatro que escribe sobre una obra y luego se va a casa a dormir.

La periodista se volvió hacia Riley y lo estudió con detenimiento por primera vez. El duro perfil de su rostro curtido por el sol, la nariz recta, el pelo negro, sus ojos almendrados reflejando la luz de la hoguera.

—¿Qué hará cuando termine la guerra? —le preguntó.

Riley se encogió de hombros.

—No pienso en esas cosas.

—¿En qué piensa entonces, teniente?

—En el mar.

—¿En el mar? —inquirió sorprendida.

—Desde que llegué a España no he vuelto a ver el mar, ¿sabe? Sueño con el mar todos los días, con navegar muy lejos de tierra firme. Con irme muy lejos. Elegir un punto en el horizonte y dirigirme a él sin dar cuentas a nadie ni preocuparme de dejar nada atrás.

Riley se volvió hacia ella y escudriñó con la mirada aquellos hermosos ojos azules que lo estudiaban con interés.

—Aunque ahora mismo estaba pensando en que… en otro lugar y otras circunstancias, la invitaría a cenar en algún lugar tranquilo, luego la llevaría a bailar… y finalmente propondría que nos fuéramos a un hotel a pasar la noche juntos.

Las mejillas de Gellhorne se ruborizaron, pero mantuvo la mirada firme cuando le contestó en voz baja:

—Y yo estaría encantada de que me lo propusiera —miró a su alrededor y acercó mucho su rostro al de Riley para evitar que los otros hombres la oyeran—. Usted procure regresar de una pieza esta noche, teniente —añadió guiñándole el ojo— …y veremos qué se puede hacer.

4

Cuando el sargento Alcántara regresó junto a la hoguera de la sección que comandaba Riley, este ya estaba terminando de prepararse. Tras vestirse con una camisa oscura que le había prestado Honeycombe y pintarse el rostro y las manos con betún, ahora hacía lo propio con la hebilla y los remaches del cinturón.

—¿Qué tal con Hemingway? —le preguntó a Jack, al verlo llegar.

—Cabreado como una mona. Decía no se qué de retarte a un duelo, pero mañana ya no se acordará de nada —sonrió—. Le he dejado en la tienda del comandante, que se apañe él con sus invitados.

Mientras hablaba se hizo con la lata de betún y comenzó el también a pintarse la cara.

—¿Y a ti qué tal te ha ido con la rubia? No te quejarás del favor que te he hecho dejándoos solos.

Alex, en lugar de contestar, se quedó mirando a su lugarteniente con el ceño fruncido.

—¿Qué crees que estás haciendo?

—¿A ti qué te parece? Protegiendo mi fino cutis.

—Deja ese betún en su sitio, Jack. Esta vez voy a ir yo solo.

—Claro, claro… —replicó el gallego sin dejar de pintarse.

—Lo digo en serio. Tú no vienes. Es una orden.

La sonrisa de Jack destacó sobre el rostro pintado de negro.

—¿Quieres que te explique por dónde me paso yo esa orden?

—No me toques los huevos, Jack. Es una estupidez que me acompañes y será más fácil que nos descubran si vamos los dos. Te quedas y no hay más que hablar.

El sargento se plantó con los brazos en jarra frente al teniente, desafiándole con la mirada.

—Digas lo que digas pienso ir contigo, de modo que deja de perder el tiempo tratando de darme una orden que no voy a cumplir. Ya son casi las once de la noche y tendríamos que haber salido hace media hora.

—Te puedo hacer arrestar.

—Y yo te puedo dar una patada en los cojones.

Por un momento, Riley consideró detener a su amigo. Era cierto que siendo dos, resultaba más fácil ser descubierto. Pero también lo era que, en caso de problemas, no querría tener a su lado a otra persona que no fuera él.

—Está bien. Llévate solo la pistola y el cuchillo y deja aquí todo lo demás. Ni municiones, ni agua. Vacía la vejiga y unta todo lo que tengas metálico con betún —le dio una palmada en el hombro—. Nos vamos en cinco minutos.

—Solo necesito tres —replicó el gallego.

En realidad, pasaron diez minutos antes de que el capitán Michael Law se acercara a ellos para darles las últimas instrucciones.

Plantado frente a ambos, los estudiaba de arriba abajo, completamente vestidos y tiznados de negro excepto por el blanco de los ojos, que destacaba en sus rostros exageradamente.

—¿Sería mucho pedir que esta noche no hagáis más tonterías de las habituales? —les preguntó el capitán—. Salid ahí fuera y echad un vistazo sin correr riesgos innecesarios. Es muy probable que haya patrullas alrededor del pueblo, y si os tropezáis con una vais a tener problemas muy serios, así que id con ojo. ¿Estamos?

—Sí, camarada capitán —asintió Riley.

—Solo quiero que os aproximéis lo suficiente para calcular las fuerzas que ocupan el monasterio abandonado y la fábrica de aceite e intentar averiguar si tienen artillería o ametralladoras pesadas ocultas. Nada más. ¿Está claro?

—Tranquilo, capitán —sonrió Jack, dibujando una hilera de dientes blancos en su grueso rostro—. Le prometo que no trataremos de tomar Belchite nosotros dos solos.

El oficial afroamericano miró su reloj y luego volvió la cabeza hacia el este, por donde acababa de asomar la luna en cuarto menguante.

—Es una mala noche para salir de paseo —dijo torciendo una mueca de disgusto—. Demasiada luna y ni una nube en el cielo... pero es lo que hay. Recordad que a las siete y media amanece, así que, si antes de las siete no estáis de vuelta, seréis como patos de feria en mitad del campo. ¿Está claro?

—Clarísimo —contestó Riley—. Estaremos aquí mucho antes.

—Eso espero —añadió, y se quedó mirando a Jack, en cuyo rostro seguía dibujada la línea blanca de sus dientes—. ¿Y tú se puede saber de qué te ríes?

—Le pido disculpas, camarada capitán —respondió, haciendo visibles esfuerzos para contener la sonrisa—. Pero no puedo evitar pensar que, tal y como vamos pintados Alex y yo... usted es ahora el menos negro de los tres.

Pudieron caminar los primeros quinientos metros agachados, aprovechando los olivos, las rocas y las zanjas para ocultarse a la vista de los defensores. Pero a partir de entonces, entre ellos y el límite norte del pueblo no había sino yermos campos de cultivo abandonados sin un solo matojo tras el que esconderse.

Agazapados tras unos matorrales particularmente espesos, Riley y Jack estudiaban preocupados el comprometido panorama que se presentaba ante ellos.

—¿Cómo lo ves? —preguntó el primero al segundo, oteando el horizonte con unos pequeños prismáticos de campaña.

El sargento echó un vistazo de reojo a Riley antes de contestar.

—Muy negro —dijo esquinando una sonrisa.

Alex apartó la vista del frente y miró a su amigo.

—Venga, ya vale con la guasa. Hablo en serio.

Jack reprimió el gesto y levantó la cabeza unos centímetros por encima de las matas.

—Pues está jodida la cosa —murmuró—. Casi no hay donde ocultarse de aquí hasta las primeras casas. Si tiramos recto cruzando el campo, nos ven fijo.

—Eso mismo pensaba yo —se llevó de nuevo los prismáticos a la cara y desvió su atención hacia su izquierda—. Pero ahí hay una granja. A unos cuatrocientos metros.

Jack miró en la misma dirección.

—Parece un buen sitio. Aunque ¿quién nos dice que dentro no hay un pelotón de legionarios agazapados, esperando a que algún tonto pase por delante?

—Razón de más para acercarse a husmear. Si eso es así, no podemos dejar que estén tan cerca de nuestras líneas.

—Ya… pero ¿cómo vamos a llegar? ¿Arrastrando la barriga durante casi medio kilómetro? Hasta allí solo hay campo llano.

—Esa es la mejor parte. Mira.

Señaló una larga cicatriz que hendía la tierra y se perdía en la noche en dirección a la casa.

—Una acequia.

—Si vamos a cuatro patas podremos acercarnos sin que nos vean.

El orondo gallego meditó el plan durante unos segundos, poco entusiasmado ante la idea de gatear tanta distancia.

—Está bien —accedió finalmente al comprender que era la mejor opción, y haciendo una media reverencia, añadió—: Las damas primero.

El agua que en primavera debió de correr por aquella acequia hacía mucho que se había evaporado, y ahora era solo una zanja de menos de tres palmos de hondo sembrada de escombros y broza.

Gateaban a oscuras, casi a tientas, ya que el reflejo de la luna no alcanzaba el fondo, así que cada poco uno de los dos contenía un quejido al clavarse alguna rama en la palma de la mano.

—*Cagüenla...* —gruñó Jack por enésima vez, cuando ya llevaban casi diez minutos avanzando.

—Shhh... —chistó Alex, volviéndose hacia él y llevándose el índice a los labios—. Ya estamos muy cerca, cierra el pico.

Para comprobarlo, el gallego asomó la cabeza y descubrió que así era.

A muy poca distancia se levantaba una casa labriega de bastas paredes de piedra y techo de teja, pequeñas ventanas y un cobertizo de madera en la parte trasera, a cuyo alrededor se amontonaban desperdigados azadones, horcas y otros aperos de labranza.

—Parece que no hay nadie en casa —murmuró Jack, comprobando que ni un ruido ni un rayo de luz salía del interior.

En lugar de contestar, Riley señaló la chimenea. De ella emergía un delgado hilo de humo blanco apenas perceptible.

—Rodeemos la casa —susurró, haciendo un gesto con la mano.

Jack asintió conforme y siguió a Riley fuera de la acequia, arrastrándose sigilosamente.

Solo se incorporaron cuando alcanzaron el cobertizo, arrimados a la pared del mismo. Aguardaron un momento para comprobar que todo seguía en calma, y agachándose todo lo posible alcanzaron la parte trasera de la casa.

Allí solo había un ventanuco a demasiada altura para poder asomarse, así que pegados a la pared como dos enormes lagartijas negras, rodearon la esquina.

En ese costado de la casa sí que había un par de ventanales, y uno de ellos abierto de par en par, como una invitación a asomarse a su interior.

Riley y Jack intercambiaron una mirada, y casi de puntillas se aproximaron a la ventana abierta hasta situarse justo debajo. Desenfundaron ambos sus armas, las amartillaron con sumo cuidado para ahogar el clic del percutor y, apoyándose en la pared con cuidado, muy lentamente, se asomaron como un par de mirones por encima del alféizar.

El interior de la casa estaba completamente a oscuras. Casi ninguna luz alcanzaba su interior, pero el hecho de que no hubiera ningún soldado vigilando dentro ni fuera tranquilizó a Riley lo suficiente como para incorporarse con cuidado y asomar la cabeza por la ventana.

Poco a poco la vista se acostumbró a la intensa oscuridad y fue capaz de distinguir formas y objetos grandes. Aquello era el salón de la casa, donde una gran mesa ocupaba el centro de la estancia rodeada de media docena de toscas sillas, viejas fotos de antepasados colgaban de las paredes encaladas y, sobre un hogar en el que destacaba el brillo de las últimas brasas, una gran cacerola pendía con la tapa medio abierta despidiendo un intenso olor a cocido.

Riley sintió cómo sus tripas rugían y sin poder evitarlo empezó a salivar como un león a la vista de un cervatillo. Hacía semanas que no comía nada decente aparte del asqueroso rancho de campaña, y aquel aroma a guiso le puso la piel de gallina.

Entonces se dio cuenta de que Jack se había puesto en pie y se disponía a encaramarse a la ventana.

—¿Qué coño haces? —le espetó sujetándole de la manga.

El gallego miró a Riley como si hubiera olvidado que se encontraba ahí.

—Eh… Voy a… investigar… ya sabes… —barbulló, con la vista clavada en la cacerola.

—¿Estás loco? No podemos entrar como unos ladrones para robarles la comida.

—No, solo... Solo quiero probarla... —alegó, pasando una pierna al otro lado.

—¡Joder, Jack! —alzó la voz sin darse cuenta—. ¡Detente! Nos van a...

Y se calló bruscamente, al oír a su espalda el golpe seco de un portazo.

5

La sangre se heló en las venas de Riley, paralizado al comprender que los habían descubierto y probablemente tuviera un arma apuntándole a la espalda.

De reojo, vio que a Jack se le había pasado todo el hambre de repente y adivinó que bajo la capa de betún negro habría perdido todo el color en la cara.

Estaban petrificados, Jack con medio cuerpo dentro de la casa y Alex agarrado a su manga. Cualquier movimiento brusco podría provocar que les dispararan allí mismo, en una situación muy poco heroica.

—¡Hola! —dijo entones una voz inesperadamente despreocupada—. ¿Quiénes sois?

Alex y Jack intercambiaron una mirada de incredulidad. Se dieron la vuelta muy despacio y se encontraron con el autor de la pregunta.

Un niño de unos ocho años, descalzo y vistiendo un camisón plagado de lamparones y remiendos, les miraba curioso desde la puerta de la cochambrosa letrina de la que acababa de salir.

—¿Sois ladrones? —preguntó.

Tenía una enorme mata de pelo negro y apelmazado, inquisitivos ojos oscuros y una colección de churretes visibles aun bajo la pobre luz de la luna.

—¿Sois negros de África? —preguntó seguido.

Jack bajó la pierna de la ventana y Alex dio un paso hacia él al tiempo que se agachaba para parecer menos intimidatorio, aunque de cualquier modo, el niño no parecía en absoluto intimidado.

—No. No somos negros de África —dijo en voz baja, con la esperanza de que el muchacho le imitara—. Somos unos amigos.

—¿Amigos de quién?

—Amigos tuyos, por ejemplo.

—¿Cómo podéis ser mis amigos si acabáis de conocerme?

Jack ahogó una carcajada.

—Verás… —prosiguió Alex, ignorando al sargento—. Yo me llamo Alex y este gordinflón de aquí es mi amigo Joaquín. ¿Y tú? ¿Cómo te llamas?

—Javier Antonio López Reverte.

—Hola, Javier Antonio —dijo ofreciéndole la mano, que el muchacho estrechó con una firmeza impropia de su edad—. Ahora ya podemos ser amigos.

El chico, en cambio, se asustó al mirarse la mano y ver que esta se le había quedado negra.

—¡Me has pegado lo negro! —alzó la voz, alarmado—. ¡Yo no quiero ser negro!

Alex le hizo un gesto perentorio para que bajara el volumen, y se pasó la mano por la camisa para demostrarle que había piel blanca debajo. Aquel chico probablemente no había visto nunca a nadie de otra raza que no fuera la suya, ni le habían explicado que el color de piel no era contagioso.

—Tranquilo, Javier… Es solo betún. ¿Lo ves? No grites, por favor.

—¿Están tus padres en casa, Javier? —inquirió Jack.

—Durmiendo —contestó cuando recobró la calma.

—Y… ¿Hay alguien más?

—Mis hermanas Juana y Josefa. Pero son muy pequeñas y no saben hablar bien.

—Me refiero a… alguien más que no sea de la familia. Soldados, por ejemplo.

El chico negó con la cabeza.

—Vinieron hace dos días, pero se marcharon enseguida.

—Entiendo… —asintió Alex—. ¿Podrías avisar a tu padre de que hemos venido y que nos gustaría hablar con él? Dile que somos ami… —se lo pensó mejor y dijo—: Mejor no le digas nada. Llévanos con él.

Con el muchacho caminando delante de ellos entraron en la casa, tomaron asiento frente a la mesa y encendieron un quinqué, mientras el chico iba a despertar a sus padres.

Inmediatamente les llegaron voces apagadas provenientes de la habitación contigua. Voces de un hombre y una mujer, que oscilaban entre la incredulidad y la inquietud.

Finalmente, un minuto más tarde asomó el rostro enjuto y despeinado de un hombre adormilado, con la expresión de alguien que no acaba de estar seguro de encontrarse aún en mitad de un mal sueño.

—Buenas noches —musitó con una voz ronca y pedregosa, tratando inútilmente de recomponerse metiéndose el faldón de la camisola por dentro del pantalón—. ¿Quiénes son ustedes?

—Buenas noches, buen hombre —dijo Alex, limpiándose el betún de la cara con la manga de la camisa—. Somos dos soldados del ejército de la República y no queremos causarle ninguna molestia. Estábamos de patrulla y hemos visto su casa. Nos hemos acercado a investigar, y su hijo nos ha encontrado por casualidad.

Mientras Riley decía esto, el hombre se sentó frente a ellos con la mirada aún turbia por el sueño, preguntándose en el fondo quiénes eran esos dos hombres pintados de negro sentados a su mesa.

—¿Y qué quieren... de mí? —preguntó—. Ya ven que semos pobres, y casi no tenemos ná. Las gallinas se las llevaron unos soldaos moros… No tengo ná pa darles.

Jack carraspeó en el acto, señalando con la mirada la olla de la que emanaba el olor a cocido.

Alex, sin embargo, negó con la cabeza.

—No, señor…

—Eustaquio López Ledesma, para servirle.

—Señor López. No hemos venido a llevarnos nada, no se preocupe. Solo quiero hacerle unas pocas preguntas.

—Yo no sé ná de ná.

—Tranquilo, amigo —intervino Jack, ensayando su mejor sonrisa al ver los nervios del anfitrión—. Esto no es ningún interrogatorio y no tiene de qué preocuparse. Relájese, que no le va a pasar nada ni a usted ni a su familia.

Eustaquio pareció creer en las palabras del gallego.

—Ustedes, pué ser que no —y apuntando con la mirada hacia la ventana cerrada que daba al cercano pueblo, añadió—: Pero si ellos se enteran que han venío a mi casa…

—No se preocupe tampoco por eso —lo apaciguó Riley—. Nadie nos ha visto llegar y nadie nos verá salir.

—Nos gustaría saber —dijo Jack, dejándose de rodeos—, si ha estado en el pueblo en los últimos días.

El aludido negó con la cabeza.

—Hace mucho que no bajo al pueblo. Me da miedo dejar en casa sola a mi mujé con los niños, habiendo tanto soldao cerca. He oío que los moros… —y dejó ahí la insinuación.

—¿Entonces no sabría decirnos cuántos soldados hay o si tienen piezas de artillería o morteros?

—¿Cañones? Sí, tienen algunos. Los vi cuando fui a vendé unos huevos. Pero yo no sé ná de armas.

—¿Y soldados? ¿Había muchos?

Eustaquio afirmó con la cabeza.

—Miles. Más que gente tiene el pueblo. Tenían ocupaos casi tos los edificios del centro, el Hospital y el convento de San Agustín.

Los dos brigadistas cruzaron una mirada de preocupación. Si lo que decía el campesino era cierto, los defensores eran más numerosos y estaban mejor armados de lo que suponía el alto mando.

Aquella información no era la que esperaba recibir el general, pero sin duda resultaba aún más valiosa.

—Muchas gracias, amigo —dijo Riley con un gesto de reconocimiento—. Lo que nos ha dicho puede salvar muchas vidas. Pero… lo que no entiendo —añadió frunciendo el ceño con extrañeza— es por qué están ustedes todavía aquí. Ha habido combates en Quinto y Codo, a muy pocos kilómetros de distancia. Deberían haberse marchado hace días.

El campesino se encogió de hombros.

—¿Marcharnos? ¿A ónde? Esta casa es tó lo que tenemos —dijo señalando a su alrededor—. Si nos vamos, la perderemos. No pueo echarme al monte con mujé y tres zagales.

En ese momento apareció la mencionada esposa, ataviada con un largo camisón y un moño de urgencia que dejaba a la vista un rostro aún joven pero surcado de arrugas y ojeras prematuras. Traía en las manos una jarra con vino y tres vasos que dejó sobre la mesa, y sin decir palabra se dio la vuelta y regresó a su habitación.

Jack y Riley asintieron con agradecimiento a la mujer, y el segundo dijo con gravedad:

—Una joven mujer, tres hijos y su propia vida. Eso es precisamente lo que va a perder si no se marchan.

—No hay ónde ir, ya se lo he dicho —insistió el campesino.

Jack se inclinó sobre la mesa, apartando a un lado la jarra.

—Mire, Eustaquio. Creo que en realidad no comprende la situación —tomó aire antes de agregar—: El ejército republicano ha rodeado completamente Belchite dispuesto a arrasarlo, y si los nacionales son tan numerosos como dice, van a defenderse con uñas y dientes y va a haber una batalla terrible… y ustedes están justo en medio.

El gesto del labriego era circunspecto, pero aún asomaba un rastro de duda en su mirada.

—Dentro de unos días —sentenció Riley, señalando a su alrededor— esta casa será solo un montón de escombros. La única diferencia será saber si usted y su familia estarán o no debajo de ellos.

—Pero nosotros no hemos hecho ná... Semos labriegos... —alegó, casi rogando—. No pué sé. No es justo.

—La guerra es injusta, amigo. Pero aún tiene una oportunidad de escapar junto a su familia. Aprovéchela. Esta noche —se volvió hacia Jack y añadió—: Nosotros dos les ayudaremos a cruzar las líneas sin que los detengan.

El hombre estuvo a punto de objetar de nuevo, pero se calló y asintió, bajando la mirada hacia la mesa con gesto cansado.

—No pueo irme... —dijo al fin, con un hilo de voz.

—¿Es que no ha escuchado lo que acabo de decirle? Belchite va a ser destruido y esta granja también lo será.

—Le he oío perfectamente —replicó, alzando la mirada y clavándola en la de Riley—. Y por eso mismo no pueo marcharme. Toa mi familia y la de mi mujé están aún en el pueblo. No pueo marcharme sin ellos.

Jack lamentó por anticipado lo que estaba a punto de decir.

—No tiene elección, compadre. Hágase a la idea de que ellos... en fin.

Un brillo de ira destelló en los ojos del campesino.

—No diga eso —replicó furioso—. Son mis padres, mis hermanos y mis hermanas, y los de mi esposa. No voy a dejarlos y salir corriendo.

—Si se queda, usted también morirá.

El rostro de Eustaquio se endureció.

—No, si me les llevo conmigo.

Alex y Jack dudaron haber oído bien.

—Iré a por ellos —insistió el labriego—, y mañana noche nos iremos tos juntos.

Riley se frotó los ojos con cansancio.

—Escuche, amigo. No quiero ser aguafiestas, pero eso que dice es una estupidez. ¿De cuántas personas estamos hablando?

Eustaquio se tomó un momento para hacer un rápido cálculo y, sumando con los dedos, al cabo de casi un minuto dijo:

—Nueve o diez.

—¿Nueve o diez? —repitió Jack—. ¿Y cómo *carallo* va a sacar diez personas del pueblo sin que les vean?

—No sé —admitió, encogiéndose de hombros—. Pero mal rayo me parta si no lo intento. ¿De estar en mi lugar, no querrían ustés salvar a su familia?

Riley se cruzó de brazos retrepándose en la tosca silla de madera.

—En fin… —gruñó—. Haga lo que usted quiera. Pero hágalo antes de que empiecen los bombardeos, porque sino ya no podrán escapar.

—Mañana mandaré al zagal al pueblo a avisar a toa la familia —aclaró—; de él no sospecharán. Les pediré a todos que vengan aquí mañana por la noche pa cruzar juntos las líneas republicanas.

—De acuerdo —asintió Riley, poniéndose en pie y tendiéndole la mano—. Le deseo toda la suerte del mundo.

El campesino, en cambio, lo miró con extrañeza.

—¿No van a ayudarnos? Han dicho que nos ayudarían a cruzar sus líneas.

—¿Qué? —preguntó con sorpresa.

—Ustés han dicho que nos ayudarían —insistió Eustaquio, abriendo mucho los ojos.

—Pero…

—¡Me lo acaban de decir! ¡Mentirosos!

—*Carallo*... —rezongó Joaquín Alcántara.

Riley alzó las manos en un gesto de conformidad.

—Está bien. Está bien… —miró de reojo a Jack—. Usted reúna aquí a los suyos, y mañana por la noche a esta misma hora vendremos y les ayudaremos a tener paso franco hasta el cruce de Fuentes de Ebro. ¿De acuerdo?

El rostro del hombre se iluminó como si se le hubiera aparecido la virgen.

—Muchísimas gracias —dijo tomando las manos primero de Alex y luego de Jack entre las suyas—. Que Dios les bendiga.

—No nos las dé todavía —objetó Riley con gesto grave—. Usted procure que los nacionales no se den cuenta de nada, porque si los descubren es muy probable que los fusilen a todos. ¿Comprende?

—Sí, sí… claro. No se darán cuenta. Mañana estaremos aquí, esperando.

—Y que a nadie se le ocurra traer más que la ropa que lleven puesta y un hato con comida y agua —subrayó Jack, poniéndose también en pie—. Nada de enseres ni recuerdos ni trastos. Solo personas. Esto no es una mudanza.

—Claro, claro… —repitió Eustaquio, que hizo el amago de abrazar a los dos brigadistas pero se reprimió en el último momento al recordar todo el betún que les cubría—. Pero no se vayan aún, por favor. ¿No tién hambre?

El teniente negó con la cabeza.

—Estamos en mitad de una misión… aunque no lo parezca. Tenemos que irnos ya.

El campesino señaló la gran cacerola humeante.

—Pero mi mujé ha hecho un cocido que está pa morirse —dijo—, y por ahí tengo guardá una bota llena de buen vino. ¿Qué me dicen?

Riley fue a declinar la oferta por segunda vez, pero cuando abrió la boca, Jack le propinó tal pisotón por debajo de la mesa que a punto estuvo de romperle el pie.

6

El amanecer del día siguiente descubrió a Alex Riley cubriendo el puñado de kilómetros que le separaban del puesto de mando. A bordo de un Ford 8HP verde oliva ocupaba el asiento contiguo al comandante Merriman, mientras un cabo de intendencia conducía con no demasiada pericia por un estrecho y polvoriento camino de tierra.

—Me encanta tu coche, Bob —dijo Alex, pasando la mano por el marco de la ventana—. El día que termine esta guerra y regrese a casa, creo que me compraré uno igual.

Robert Merriman le miró de reojo, pero sus pensamientos parecían hallarse muy lejos de allí.

—Sí —contestó distraído—. Es un buen auto.

Riley no era tonto e intuía el motivo del ensimismamiento de su comandante. Cuando al regresar de la patrulla le repitió lo que le había dicho el campesino sobre las fuerzas enemigas en Belchite, su expresión cambió como si hubiera visto un fantasma.

De forma inesperada, Merriman se volvió hacia el teniente y preguntó en voz baja:

—¿Crees que la ganaremos?

Riley se quedó mirando fijamente a su comandante y amigo. Nunca habría esperado que le formulara una pregunta como esa, y menos en esos momentos previos a una ofensiva.

Para ganar algo de tiempo, estuvo a punto de preguntar a su vez a qué se refería, y por una vez decidió ser prudente con sus palabras.

—No soy nadie para opinar sobre algo tan…

—Déjate de monsergas, Alex. Te lo pregunto como amigo. ¿Crees que ganaremos esta guerra?

Riley respiró profundamente, tomándose unos segundos para contestar.

—Si logramos resistir hasta que se inicie la inevitable guerra en Europa, tendremos una oportunidad. Si Hitler entra en guerra contra Francia y Gran Bretaña, el gobierno de la República se sumará al bando de los aliados y contaremos con su ayuda para combatir a Franco y sus amigos nazis.

Merriman asintió conforme, pero seguidamente preguntó de nuevo:

—¿Y si no? ¿Y si Hitler está esperando a que termine esta guerra para iniciar la suya?

Ahora fue Alex quien se quedó mirando a su comandante con extrañeza.

—¿Por qué me estás preguntando todo esto? Ya sabes que no soy militar, solo un marino en mitad de una guerra que ni siquiera es la suya.

Merriman esbozó una sonrisa cansada.

—Porque confío en ti, Alex. En tu buen juicio y en tu sinceridad, más que en esos cretinos del alto mando o en generales fanáticos. No tengo muchas oportunidades de preguntarle a alguien con dos dedos de frente.

De nuevo Alex estuvo tentado de volver a ser prudente en su respuesta, pero finalmente optó por decir lo que pensaba.

—Con suerte podríamos llegar a no perderla —dijo—. Pero tal y como están las cosas, poco tenemos que hacer contra un ejército mucho mejor armado y organizado que el nuestro.

Merriman asintió de nuevo, en silencio.

—¿Y tú qué crees, Bob? —quiso saber Riley a su vez—. ¿Tenemos alguna oportunidad?

El comandante le miró largamente, parecía que meditando si contestar o no, pero cuando finalmente iba a hacerlo, el vehículo frenó bruscamente junto a una gran tienda de campaña rodeada de sacos terreros y hombres armados, donde ondeaba la bandera republicana junto a la de las Brigadas Internacionales.

En el interior de la tienda, sentado a la mesa y devorando unos huevos fritos con chorizo, el general Walter estaba tan concentrado en su desayuno que no se dio cuenta de su llegada.

Tras él, el comisario político André Marty aguardaba de pie como un camarero solícito, y un soldado en posición de firmes ocupaba la esquina más alejada de la tienda, con la vista al frente y soportando con estoicismo el delicioso aroma a comida que impregnaba el ambiente.

—Camarada general —saludó Merriman, plantándose frente a él y saludándolo con una inclinación de cabeza.

Walter le hizo un ademán invitándole a sentarse en la única silla libre, sin despegar la atención del plato que tenía enfrente.

Riley se mantuvo de pie junto a Merriman en posición de firmes.

—¿Ya ha desayunado, comandante? —le preguntó el general—. ¿Quiere que le pida algo? Los huevos están deliciosos.

—No, gracias, camarada general. Ya he desayunado en el campamento —mintió.

El polaco ni siquiera le dirigió una mirada a Riley, como si fuera un perro el que se encontraba de pie frente a la mesa.

—Bien, bien… Y dígame, ¿tiene el informe que le pedí?

—Así es, camarada general. Anoche el teniente Riley llevó a cabo una incursión, que le llevó a contactar con unos civiles que le proporcionaron una información muy importante.

El general, que no había dejado de comer mientras el otro hablaba, se detuvo un momento y sin soltar el tenedor alzó una ceja con interés.

—Según parece —prosiguió Merriman—, las fuerzas rebeldes son muy superiores a las estimadas en un principio. La información que recopiló anoche el teniente habla de varios miles de efectivos así como una buena cantidad de piezas de artillería. Mucho más de los mil hombres y dos o tres cañones que aventuró el alto mando.

El general Karol Waclaw ahora sí miró a Riley con un gesto suspicacia.

—¿Dice usted que un civil le proporcionó dicha información?

—Así es, camarada general. Un labriego —contestó, sin dejar de mirar al frente.

—Un labriego… —rumió Walter, dejando el tenedor sobre el plato, aún por terminar—. Y usted… ¿vio acaso esas tropas? ¿Esos miles de hombres y numerosos cañones de los que le hablaron?

Riley tomó aire antes de contestar. Era fácil adivinar por dónde iba aquella conversación.

—No personalmente, camarada general. Tras recibir dicha información, decidí que lo más importante era regresar a la base e informar a mi comandante.

El general tomó una servilleta y se limpió la boca, dejando en ella marcas de la grasa del chorizo.

—Veamos… —dijo, retrepándose en la silla—. Así que sale usted de patrulla, pero en lugar de atravesar las líneas enemigas para recopilar información como se le ordena, lo que hace es hablar con un campesino analfabeto que le cuenta una monserga sobre miles de soldados nacionales de los que no tenemos constancia, y espera… ¿qué es lo que espera exactamente, teniente? ¿Qué le crea? ¿Me va a tratar de convencer también de la existencia de Santa Claus?

El comisario político Marty dejó escapar una risita de hiena que enervó a Riley.

—Camarada general, usted no… —comenzó a decir crispando los puños, pero Merriman lo interrumpió bruscamente temiendo quizá que le replicara con alguna impertinencia.

—Yo opino que habría que tener en consideración la información aportada por el teniente —argumentó, atrayendo hacia sí la atención—. Aunque la fuente sea dudosa, no estaría de más tenerla en cuenta. Si resulta ser cierto, el asalto podría ser mucho más complicado de lo que esperamos.

—¿Insinúa usted que deberíamos retrasar el ataque, comandante? —silabeó muy lentamente, para enfatizar la pregunta—. ¿Quizá cancelarlo, incluso?

—En absoluto, camarada general, yo…

—¿Por lo que un pobre campesino, *supuestamente* —el tono con el que usó esta última palabra no gustó nada a Riley—, le ha contado a este oficial? ¿Y si ese campesino es un espía? ¿Eh? ¿Ha pensado usted en eso? —el dedo del general apuntaba a Merriman como el cañón de una pistola—. ¿Quién no le dice que es un agente fascista que trata de retrasar nuestros planes? ¿Ha pensado usted en eso? —repitió.

—No —confesó Merriman—. No he pensado en ello, camarada general.

—¿Lo ve? —contestó ufano, inclinándose sobre la mesa—. Por eso el camarada Stalin me ha puesto a mí al mando —y llevándose el índice a la sien, añadió—: Porque pienso.

—Por supuesto, camarada general.

—Y pienso —añadió sin que nadie le preguntara— que ese campesino es un agente fascista que trata de socavar nuestra moral. De modo que ni una palabra de esto a nadie. ¿Entendido?

—A la orden, camarada general.

—Y ahora, retírese —sacudió la mano como quien espanta una mosca—. Por su culpa se me han enfriado los huevos.

A Merriman no tuvieron que repetirle la orden para que se pusiera en pie de un salto, deseoso de salir de aquella tienda en el menor tiempo posible. Pero al llegar a medio camino de la salida se dio cuenta de que Riley se había quedado clavado en el sitio, aún en posición de firmes y con los puños tan apretados que los nudillos se le habían puesto blancos.

—¡Teniente! —le llamó, temiéndose lo peor.

Pero Riley solo tenía ojos para aquel general con sobrepeso que atacaba de nuevo su desayuno.

—Camarada general —masculló entre dientes—, solicito permiso para hablar.

El aludido levantó la mirada hacia el oficial americano. Alto y fuerte aunque no demasiado musculoso, el alborotado pelo negro más largo de lo reglamentario enmarcaba una tez tostada por el sol en la que destacaban unos inquisitivos ojos ambarinos y una ancha mandíbula apretada con tal fuerza que parecía a punto de estallar.

—No —contestó el general con una mueca despectiva—. No tiene permiso para hablar. Y retírese antes de que haga que lo arresten.

—El hombre con el que hablé no era un espía fascista, camarada general —dijo igualmente Riley, ahora mirando a los ojos al polaco—. La vida de cientos de soldados puede depender de esa información, que no puedo asegurar que sea cierta pero que no tendría por qué no serlo. Porque de lo que sí estoy seguro es que no se trataba de un agente enemigo.

Para sorpresa de Riley quien tomó la palabra fue el comisario Marty, interrumpiendo el exabrupto que ya tomaba forma en los labios del general.

—¿Y cómo lo sabe? —graznó con una voz chirriante y exagerado acento francés—. ¿Acaso es usted un expegto en inteligencia militag e integogatorios y no nos lo ha comunicado?

Riley ignoró la burla implícita en la pregunta, esforzándose por mantener la calma.

—Esta noche tratarán de huir hacia nuestras líneas. Si fueran fascistas, se dirigirían a Zaragoza.

El comisario hizo el gesto de no haber oído bien.

—¿Tgatagán? ¿Quiege decig… que egan más de uno?

—Una familia, camarada comisario. Una pareja de campesinos asustados, con tres niños pequeños.

El comisario pareció calibrar aquella información.

—Ya veo… —se frotó la barbilla y volvió a preguntar—: ¿Y dice que quiegen huig atgavesando nuestgas líneas? ¿Cómo?

Riley tragó saliva.

—Yo he… prometido ayudarles.

Una desagradable sonrisa se formó en los labios de André Marty.

—Repita eso —le ordenó el general Walter, rojo de ira—. ¿Usted va a ayudar a un posible agente enemigo a atravesar nuestras defensas? ¿He oído bien?

—Camarada General —irrumpió Merriman en la conversación, poniéndose junto a Riley—, le pido que ignore las palabras del teniente. Aún se está recuperando de unas graves heridas sufridas en la batalla del Jarama y la medicación le hace decir cosas que no piensa. Además se encuentra bajo una gran tensión y ha pasado la noche en vela cumpliendo la misión que le fue asignada, pero le aseguro que es un buen soldado fiel a la República —miró fugazmente de reojo el perfil de Riley—, y jamás se le ocurriría hacer algo como lo que acaba de insinuar. Estoy seguro de que solo pretendía convencerle de la fiabilidad de su fuente, pero que de ningún modo haría algo tan estúpido como ayudar a unos desconocidos a atravesar nuestras líneas. ¿No es así, teniente?—preguntó, esta vez sí volviéndose hacia él.

Alex Riley se tomó un segundo más de lo necesario para contestar, dudando aún en la respuesta, pero el rostro inflamado del general y la mueca cruel del comisario dejaban muy poco espacio para el debate. Una palabra de más, y en menos que canta un gallo podía verse frente al pelotón de fusilamiento acusado de traición.

—Así es… camarada general —dijo al fin—. Jamás se me ocurriría ayudar de ningún modo a un agente enemigo.

El general Walter entrecerró sus ojillos suspicaces en busca de un rastro de insolencia en las palabras de Riley, pero antes de que lo hallara Merriman lo agarró del brazo con fuerza.

—Con su permiso, camarada general —dijo el comandante—, nos retiramos para que termine de disfrutar de su desayuno. Como se dice en España: que le aproveche —saludó con una inclinación de cabeza y empujando a Riley salió de la tienda a toda prisa, temiendo escuchar la voz de alguno de aquellos dos sicarios de Stalin llamándolos a su espalda.

No se detuvieron hasta llegar al Ford, en el que entraron a toda prisa e instaron al chófer a que arrancara de inmediato y los sacara de allí.

Solo entonces Merriman resopló con alivio, y enjugándose el sudor se volvió hacia Riley, sentado a su lado en silencio.

—¿Sabes? A lo largo de mi vida he conocido a muchos bocazas imprudentes, pero lo tuyo es de traca. ¿Es que quieres suicidarte? Ese comisario Marty ha hecho fusilar a cientos de soldados republicanos por mucho menos, y el general también te tiene ganas. Si quieres que te maten, dímelo y te pego un tiro yo mismo y así ahorramos trámites.

Alex Riley, sombrío, miraba a través de la ventanilla como si no escuchara las recriminaciones de Merriman.

—Perderemos —dijo en una voz tan baja que casi no se le escuchó.

—¿Qué? —inquirió el comandante, desconcertado.

—Me preguntaste si creía que ganaríamos esta guerra —aclaró Alex, volviéndose hacia su amigo—. Y esa es mi respuesta —cerró los ojos con cansancio y repitió—: Perderemos.

7

De regreso en el campamento del batallón, ya con el sol de media mañana amenazando con otro día de canícula, Alex, Jack y el capitán Law compartían unas vainas de algarrobo y una bota de vino aguado a la sombra de un olivo.

Riley ya les había relatado el incidente con el general, y tras recibir los muy merecidos reproches por parte de ambos y certificar la suerte que tenía de que Merriman hubiera estado presente para sacarlo del apuro, ahora descansaban en silencio, engañando al hambre con aquellos frutos carnosos y dulces que antes de la guerra solían ser alimento para el ganado.

El resto de la compañía se hallaba dispersa en los alrededores, ocupando hasta el último centímetro de sombra disponible en el olivar. Todos ellos aguardaban las órdenes de atacar que podían llegar en cualquier momento, combatiendo el miedo a morir en los próximos días con bromas repetidas y chistes tontos que corrían de corrillo en corrillo como la pólvora. El sargento Fisher tuvo el ánimo suficiente como para rasguear las cuerdas de una guitarra que había encontrado entre los escombros del pueblo de Quinto.

Con la música de la balada *Red River Valley*, los soldados de la Lincoln habían compuesto una canción sobre la infausta batalla del Jarama donde cientos de amigos y camaradas habían perdido la vida seis meses atrás.

Hay un valle en España llamado Jarama

Es un lugar que todos conocemos muy bien
Fue allí donde dimos nuestra virilidad
Y donde cayeron nuestros valientes camaradas.

Estamos orgullosos del Batallón Lincoln
Y de la lucha que hizo por Madrid
Allí luchamos como verdaderos hijos del pueblo
Como parte de la decimoquinta Brigada.

Ahora estamos lejos de aquel valle de dolor
Pero su memoria nunca olvidaremos
Así que antes de que concluyamos esta reunión
Pongámonos en pie por nuestros gloriosos muertos.

Aproximadamente a mitad de la canción, la estilizada figura de Martha Gellhorne apareció caminando entre los grupos de hombres con su llamativa melena suelta, ataviada con gafas de sol y ropa de hombre, correspondiendo con sonrisas a los silbidos de admiración que le prodigaban a cada paso, hasta que, haciendo visera con la mano, localizó al trío de oficiales de la primera compañía y se dirigió en línea recta hacia ellos.

—Buenos días, caballeros —saludó al llegar, cobijándose bajo la sombra del olivo—. Veo que regresó de una pieza, teniente Riley.

—De momento.

—¿Puedo sentarme con ustedes?

—Por favor —dijo Law, haciéndose a un lado.

—¿Fue provechosa la patrulla de ayer noche? —quiso saber la periodista.

—Bastante provechosa —contestó Jack con media sonrisa, frotándose el estómago.

Gellhorne miró al gallego con extrañeza, pero no le preguntó a qué se refería.

—Ya, y supongo… que no podrán contarme nada de lo que vieron.

—Supone bien, señorita Gellhorne —contestó Law.

Esta, sin embargo, centraba toda su atención en el marino.

—Lo imaginaba. Aunque usted, teniente, me debe una entrevista —dijo quitándose las gafas oscuras y clavándole sus ojos azules.

—¿Ha pedido cita a mi secretaria? Tengo una agenda muy apretada.

—Estoy segura de que podrá encontrarme un hueco —sonrió la periodista.

—Si de mí depende —replicó Riley con un guiño insinuante—, estaré encantado de encontrárselo.

Diez minutos más tarde, ambos paseaban más allá de la retaguardia por un pequeño sendero de labriegos en dirección al gran algarrobo donde habían recolectado el tentempié de esa mañana. Era el único lugar a la sombra de los alrededores, lejos del alcance de ojos y oídos del resto del batallón.

Martha Gellhorme había sacado su libreta de notas y mientras caminaba apuntaba las respuestas que le iba proporcionando el teniente, casi todas hasta el momento de índole personal.

—¿Y por qué un oficial de la marina mercante de Boston decide alistarse voluntario en una guerra que no es la suya?

—Ya le he dicho que mi madre es española.

—Eso no es una razón suficiente.

—Los nacionales fusilaron a mis abuelos maternos frente a la tapa del cementerio. ¿No le basta con eso?

Gellhorne torció el gesto. Estaba claro que no.

—¿Cómo era su vida antes de venir a España? —preguntó en cambio.

—¿A qué se refiere?

—No es usted comunista, tenía un futuro en la marina mercante y apostaría a que no le faltaban mujeres con las que estar. Me cuesta entender que dejara todo eso atrás… para vengarse de algún modo de la muerte de sus abuelos. Hay algo que no me cuadra.

Riley se encogió de hombros.

—Ese es su problema.

—Algo sucedió allí. ¿No es cierto? —inquirió, entrecerrando los ojos tras las gafas de sol—. Hay algo que no me está contando.

Alex la miró de reojo.

—Hay muchas cosas que no le estoy contando, señorita Gellhorne.

—Creí que habíamos quedado en que me llamaría Martha.

—Está bien —asintió—. No quiero hablar más de mi pasado, Martha.

—¿Y de lo que sucedió en la colina del Pingarrón, durante la batalla del Jarama?

—Aún menos.

Finalmente alcanzaron la sombra del algarrobo, y allí se detuvieron.

—He oído rumores —insistió ella, sentándose en el suelo junto al tronco—. Pero me gustaría contar con su versión de los hechos.

—Y a mí me gustaría no tener que volver a hablar de ello en toda mi vida —repuso, acomodándose junto a ella.

—Sé que estuvo a punto de morir. Sé que una bala le pasó a milímetros del corazón y que su amigo le salvó llevándole a cuestas hasta retaguardia bajo el fuego enemigo. Sé que estuvo muchos meses en un hospital recuperándose y sé que le ascendieron a teniente.

—Pues si sabe tantas cosas, ¿por qué pregunta?

—Eso son hechos, pero quiero conocer la verdad —dijo, dejando la libreta a un lado—. Quiero conocer al hombre que hay detrás. A mis lectores no les interesan las medallas ni las batallas, sino los americanos que están luchando voluntariamente en un país extraño, hombro con hombro con soldados de todo el mundo enfrentándose al fascismo.

Riley se cruzó de brazos, aparentemente divertido.

—Bonito discurso —dijo—. ¿Se lo suelta a todos a los que entrevista para aflojarles la lengua?

Gellhorne frunció el ceño y compuso un gesto indignado, pero fue solo un instante

—Lo cierto es que sí —admitió finalmente—. Pero casi nunca funciona.

—No me extraña. No creo que a ninguno de estos muchachos —dijo señalando a las figuras recostadas bajo los olivos quinientos metros más allá—, les importe una mierda lo que esperan sus lectores. Solo quieren que les dejen en paz y no les pregunten sobre los horrores que han tenido que vivir.

—¿Habla también por usted?

—Hablo sobre todo por mí.

La periodista guardó unos segundos de silencio, antes de volver a preguntar:

—Entonces... Si no quiere hablar conmigo, ¿por qué ha accedido a que le entreviste?

Riley sonrió abiertamente, dejando a la vista unos dientes blancos y regulares.

—Se me ocurren mejores cosas que hacer en lugar de perder el tiempo hablando —dijo aproximándose a ella y pasándole la mano por la nuca.

—Yo... No sería ético.

—Quizá no —repuso Alex, acercándose lo bastante para susurrarle al oído—. Pero sería divertido.

Una hora más tarde, ambos regresaban al campamento de la Lincoln, desandando el camino que habían hecho previamente, al tiempo que trataban de deshacerse de la miríada de semillas y restos de hierba seca que se les había enganchado en la ropa y el pelo.

Ninguno de los dos decía nada, pero cada vez que se cruzaban una mirada se les escapaba una risita cómplice. Los vistazos del resto de la tropa hacia el aspecto desaliñado que presentaban y el murmullo que levantaban a su paso dejaban pocas dudas respecto a lo que pensaban que había sucedido entre ellos dos. Y acertaban.

—Qué vergüenza, Dios mío… —musitó Gellhorne, sonrojándose—. Parece que llevamos escrito en la cara lo que hemos hecho.

—¿Te preocupa?

—No excesivamente. Pero tampoco me gustaría que pensaran que soy… Bueno, ya sabes.

—No creo que ninguno piense que eres… Bueno, ya sabes.

La periodista le dio un suave puñetazo en el hombro.

—No te burles.

—No lo hago. Y no te preocupes, prometo no darles todos los detalles íntimos.

Marta enrojeció súbitamente.

—¡Ni se te ocurra decirles nada!

—Pero, Martha, por favor… —hizo un gesto hacia la tropa que les observaba—. Eso es lo que les interesaría a mis lectores.

Por un momento la periodista se quedó confundida, tratando de averiguar si hablaba en serio.

No se relajó hasta que Alex desplegó su enorme sonrisa, y dejó escapar un suspiro de alivio.

—No ha tenido gracia —rezongó.

—Yo creo que sí.

Gellhorne estaba a punto de propinarle otro puñetazo amistoso, cuando la voz de barítono de Hemingway llegó hasta ellos.

—¡Martha! —la llamó mientras se acercaba a grandes zancadas—. ¿Dónde has estado meti…?

Se detuvo en seco y la miró de arriba abajo. Su pelo revuelto sembrado de briznas de paja seca, la camisa mal abrochada, los labios y los carrillos ligeramente encarnados…

Luego hizo lo mismo con Riley, advirtiendo cómo el brigadista esquinaba una sonrisa maliciosa, y tardó exactamente dos segundos en hacerse una composición bastante precisa de lo que acababa de suceder entre aquellos dos.

Al tercer segundo se abalanzó sobre Alex al grito de *¡Hijodelagranputa!* en perfecto castellano.

8

—No me lo puedo creer… —repetía Merriman, meneando la cabeza mientras caminaba en círculos bajo el toldo verde que hacía las veces de puesto de mando de la Lincoln.

Se detuvo frente a los dos hombres y los miró de arriba abajo con aire decepcionado.

Hemingway sujetaba un pañuelo bajo la nariz empapado en sangre, rota una de las mangas de la camisa y las gafas cojas, huérfanas de una de sus patillas.

Riley por su parte exhibía un ojo a la funerala y una camisa despechada a la que le faltaban la mayoría de los botones.

—¿Saben qué ejemplo de indisciplina están dando a mis hombres? —les espetó a ambos—. ¡A usted debería expulsarlo y a usted arrestarlo! —increpó al periodista y al teniente respectivamente, apuntándoles con el dedo.

—Usted no puede… —comenzó a decir Hemingway.

—¡Que no puedo qué! —estalló Merriman—. ¿Expulsarle? Esta es mi unidad y me importa una mierda que le haya invitado a venir el general Rojo o el mismísimo presidente. Aquí mando yo. ¿Lo comprende?

Hemingway no contestó, ni falta que hacía.

—Y usted… —dijo encarándose a Riley, plantándose a menos de un palmo de su cara—. De verdad que no me puedo creer que sea tan tonto. Le salvo esta mañana de que lo arresten, y al cabo de unas horas se está pegando con el jodido Ernest Hemingway delante de toda la tropa. ¿Es que no tiene ni una sola pizca de sentido común?

—¿Puedo contestar a eso?

—¡No! ¡No puede! ¡Es una pregunta retórica, maldita sea! ¿Qué puedo hacer con usted, eh? Vamos, dígamelo.

—Yo…

—¡Cállese!

—Comandante Merri… —empezó a decir Hemingway.

—¡Y usted también! ¡Cállense los dos y salgan de mi vista de inmediato!

—A la orden —contestó Riley, saludando y dándose la vuelta.

—De acuerdo —convino Hemingway, haciendo lo propio.

—¡Un momento! —exclamó Robert Merriman, haciendo que ambos se giraran una última vez—. Si alguno de los dos vuelve a darme problemas… —les amenazó de nuevo con el índice— les juro por Dios que le meteré tal puro que me acabará pidiendo por favor que lo fusile.

Los dos asintieron de nuevo y retomaron el camino de salida en dirección al corrillo de hombres que, a una distancia prudente, había seguido con interés el rapapolvo del comandante.

En la primera fila esperaban Jack y Gellhorne, comentando el aspecto lamentable de los dos hombres.

—¿Qué? ¿Cómo ha ido? —preguntó el gallego con mucha guasa.

—Tócame los huevos, Jack.

A Gellhorne se le escapó la risa y Hemingway la miró con gesto dolido.

—¿Cómo has podido hacerme esto, Martha? Liarte con este paleto. —Hizo un gesto despectivo hacia Riley.

—¿Hacerte, Ernest? —replicó la periodista—. Yo me lío con quien me da la gana. Tú no eres quién para pedirme explicaciones.

—¿Cómo puedes decir eso? —replicó ofendido—. ¿Y qué hay de lo nuestro?

Martha Gellhorne se cruzó de brazos, desafiante.

—¿Lo nuestro? —sonrió con dureza—. ¿Te acordaste de lo nuestro cuando te acostaste con esa camarera del Hotel Florida?

—¡Eso fue completamente diferente!

—Claro. Allí yo tuve que tragar, y ahora te toca a ti. Dime, ¿qué se siente cuando te humillan?

El corro de soldados había aumentado en número y allí ya estaban congregados más de la mitad de los efectivos de la compañía. Una pelea de celos entre dos celebridades no era un espectáculo que pudiera presenciarse cada día.

—¿Qué está pasando aquí, Alex? —preguntó Jack al oído de Riley, que estaba tan atónito como el resto.

—No tengo ni idea... —confesó en voz baja—. Pero empiezo a tener la impresión de que la señorita Gellhorne solo me ha utilizado para vengarse.

El gallego asintió comprensivo y le dio un par de palmadas de consuelo en la espalda.

—Lo siento, amigo. Lamento que...

Riley se giró hacia él.

—¿Sentirlo? —le interrumpió con una sonrisa de oreja a oreja—. ¿Pero qué dices? El mejor sexo, es el sexo por despecho.

Afortunadamente, la tarde transcurrió sin otros sobresaltos que la llegada de nuevas piezas de artillería procedentes de Barcelona: una docena de colosales obuses Perm de fabricación soviética de 152 mm, que la primera compañía de la Lincoln tuvo que ayudar a situar y proteger con sacos terreros al otro lado de la loma. Cuando aquellas bestias de hierro comenzaran a escupir obuses contra las posiciones rebeldes, el pueblo de Belchite pasaría a convertirse en una humeante montaña de escombros.

Desnudos de cintura para arriba, Riley y Jack ayudaban al resto de los hombres de la compañía a apilar los últimos sacos formando un muro de poco más de un metro de altura. Incluso el capitán Law había arrimado el hombro, consciente de que si hay algo que une tanto a los hombres como matar juntos, es trabajar juntos.

—¿Te han dicho cuándo se iniciará el bombardeo? —le preguntó Riley, pasándole un saco de tierra de veinte kilos.

—Merriman dice… —jadeó por el esfuerzo— que en cuanto llegue la aviación desde Valencia. Puede que hoy mismo.

Jack y Riley intercambiaron una mirada de preocupación.

—Aunque ya es tarde —añadió mirando la posición del sol, ya en camino de descenso hacia el horizonte—. Seguramente no despeguen hasta el amanecer y aparezcan aquí a primera hora de la mañana.

—Y el asalto… —comentó Jack, recibiendo el saco de manos del capitán—. ¿Se sabe cuándo será?

—No creo que antes de dos o tres días —aclaró Law, volviéndose hacia Alex para recibir otro saco.

—Entonces… —bufó Riley— esta noche no habrá ningún movimiento por nuestra parte, ¿no?

El capitán afroamericano se enervó de pronto, ignorando el saco que Riley pretendía pasarle de nuevo e interrumpiendo la cadena de trabajo. Miró al teniente y al sargento, a su izquierda y derecha, frunciendo el ceño con suspicacia.

—Vosotros dos tramáis algo.

Jack puso cara de no saber de qué demonios le estaba hablando.

—¿Qué? No. No… qué va.

—Venga ya. Os conozco como si os hubiera parido. ¿No estaréis pensando en desobedecer las órdenes del general?

—En realidad, el general no nos ha dado ninguna orden —puntualizó Riley.

El gesto de Michael Law se ensombreció cuando comprendió a qué se refería.

—Venid conmigo —les dijo, saliéndose de la fila—. Los dos.

Obedientes, Alex y Jack siguieron a su capitán hasta que estuvieron fuera del alcance de los oídos del resto de soldados. Se plantó frente a ellos y les dirigió una mirada furibunda.

—¿Se puede saber qué os pasa a vosotros dos? ¿Es que queréis que os fusilen?

—No de momento, camarada capitán —repuso Riley.

—Déjate de chorradas, Alex. ¿Por qué? En esta guerra han muerto centenares de miles de inocentes, y a muchos los hemos matado nosotros. ¿Por qué vais a arriesgar la vida para salvar a una familia de desconocidos? Os juro que no lo entiendo.

—No son desconocidos, camarada capitán —alegó Jack—. Anoche les dimos nuestra palabra de que les ayudaríamos a escapar.

—¿Vuestra palabra? —repitió como si fuera una broma—. ¿Acaso os creéis caballeros que debéis defender vuestro honor? En esta guerra no hay sitio para las promesas. Todos somos soldados que cumplimos órdenes.

—Pero ellos son civiles.

—¿Civiles? —preguntó como si se tratase de una broma—. ¡Ese puto pueblo de ahí enfrente está lleno!

—A esos no podemos salvarlos —dijo Riley, mirando en la misma dirección—. Pero sí a la familia de anoche.

—¡Pero en Belchite hay miles de civiles inocentes! —reiteró Law, señalando hacia el campanario que descollaba entre los tejados ocres—. ¿Qué diferencia va a suponer que viva una familia más o menos?

Riley lo miró fijamente.

—Para ellos sí que supondrá una diferencia.

El capitán de la primera compañía respiró hondo alzando el índice, preparándose para amonestar a su teniente, pero las palabras no llegaron a salir de su boca. En lugar de ello chasqueó la lengua, estudiando a los dos hombres mientras decidía si eran idiotas o solo estaban chiflados.

—Os juro que no os entiendo... —masculló—. Cada día mueren civiles de uno y otro bando. Esa gente a la que queréis ayudar no es muy diferente de la que vosotros mismos habéis estado matando desde que llegasteis a España, y si os descubren los nacionales o llega a oídos del general, os fusilarán a ambos.

—Intentaremos que eso no suceda —adujo el gallego.

—Ni se te ocurra hacerte el gracioso conmigo, Jack. No estoy de humor.

—Yo jamás haría tal cosa, camarada capitán.

Law entrecerró los ojos, escudriñando el rostro del sargento en busca de la más mínima arruga en la comisura de sus labios.

—Me vais a buscar la ruina entre los dos —dijo al cabo de un rato, resoplando por la nariz—. ¿Comprendéis que estáis bajo mi mando directo y que si os descubren yo también seré culpado por permitirlo?

—Lo sabemos —asintió Riley.

—Pero eso no os va a impedir hacerlo.

Ambos negaron con la cabeza.

—Y entendéis que si os atrapan, juraré ante el general que desobedecisteis mis órdenes y no podré ayudaros de ningún modo.

—Por supuesto.

Law se enjugó el sudor del rostro con un gesto de cansancio.

—Estáis como cabras. Los dos —sentenció, e hizo una larga pausa antes de añadir—: A las diez en punto retrasaré el cambio de guardia durante cinco minutos, así que estad preparados. Es todo lo que voy a hacer por vosotros —aclaró—. Para regresar sin que os vean tendréis que buscaros la vida. ¿De acuerdo?

—Muchas gracias, Michael.

—No me las des aún, Alex —replicó ceñudo el oficial—. Puede que aún cambie de opinión. Ah, y por supuesto —agregó muy serio—, esta conversación nunca ha tenido lugar.

—¿Qué conversación, capitán? —preguntó Joaquín alzando las cejas.

—Tened cuidado y volved de una pieza —concluyó el oficial afroamericano—. No me apetece tener que ascender a un nuevo teniente y buscar otro sargento antes del asalto.

—Nadie se dará cuenta siquiera de que nos hemos ido, capitán. Estaremos de vuelta antes del amanecer.

Law asintió sin convencimiento, se llevó las manos a la espalda y se alejó caminando y meneando la cabeza.

Alex y Jack se quedaron mirando cómo el capitán regresaba con el resto de la compañía para ayudar con los últimos sacos terreros.

—Vamos a hacerlo, ¿no? —preguntó el sargento, más a sí mismo que a Riley.

—No tienes por qué venir —contestó el teniente.

—Claro. Y tú no tienes por qué decir tonterías, pero las dices.

—Lo digo en serio. Para esto no hace falta que vayamos los dos.

—¿Es que cada día hemos de tener la misma discusión? Voy y punto.

Riley se volvió hacia su amigo.

—Sabes lo que pasará si alguien se va de la lengua.

—Nadie lo hará, *carallo*. Lo sabes mejor que yo.

—O puede que nos descubran. O que al fin y al cabo el general tenga razón y esos campesinos sean agentes enemigos y que esta noche haya un escuadrón de legionarios esperándonos dentro de la casa.

Joaquín Alcántara se cruzó de brazos y frunció el ceño.

—O que se nos aparezca la virgen y nos metamos a monja —replicó irritado—. Podemos palmarla a cada minuto de cada día, pero eso no va a impedir que hagamos lo correcto. Tú y yo. Los dos. ¿Estamos?

En realidad, Riley sabía perfectamente que la conversación iba a terminar de ese modo, como siempre sucedía, pero era su manera egoísta de lavar su conciencia. Si en el transcurso de la misión —o al regresar de la misma— algo le sucedía al gallego, podría convencerse a sí mismo de que había hecho todo lo posible para disuadirlo.

Por otro lado, Jack también comprendía el por qué de aquellas breves discusiones que siempre terminaban igual, y se prestaba al juego. Había sido testigo de lo ocurrido en la batalla del Jarama seis meses atrás, e imaginaba perfectamente los remordimientos que carcomían el alma de su amigo. Si aquellos forcejeos verbales servían para aliviar el sentido de responsabilidad de Riley y que así mantuviera la mente clara y despejada, bienvenidos fueran.

El gallego intuía que la insistencia de Alex en salvar a esos civiles tenía mucho que ver con la búsqueda de redención que le había percibido desde que se reincorporó a la brigada tras su larga convalecencia. El desastre del Pingarrón y los meses de reposo en el hospital lo habían cambiado profundamente, dejando atrás al oficial temerario y arrogante que había sido y dando paso a alguien más cauto y comprometido.

Riley apoyó la mano en el hombro del sargento y sonrió agradecido.

—Estamos.

9

A las diez menos cinco de la noche, Alex y Jack aguardaban amparados en la noche tras unos matojos, a la espera de que Law hiciera llamar al centinela y les proporcionara esos cinco minutos de invisibilidad prometidos.

Formalmente, nadie en la compañía sabía lo que iban a hacer, pero los rumores eran inevitables en un grupo tan reducido y aburrido de soldados, así que cuando se marcharon recibieron un seguido de silenciosos asentimientos de aprobación por parte de los hombres.

Alex Riley volvió a comprobar el reloj, inclinándolo para aprovechar la pálida luz de las estrellas que se reflejaba en las manecillas.

El rostro embetunado de Jack se volvió hacia él.

—¿Cuánto falta? —preguntó en susurros.

—Ya casi es la hora.

En cuanto pronunció esas palabras, un ruido de pasos sobre la hierba seca les llegó desde su derecha, y una silueta agazapada silbó en la oscuridad.

—Eh, Francis —dijo a continuación—, ¿estás ahí?

Un brazo se alzó entre la maleza a una decena de metros de distancia.

—Aquí —contestó en voz baja—. ¿Qué pasa?

—El capitán quiere que vayas a verle.

—¿Ahora? Estoy en mitad de la guardia.

—Ya lo sé, pero me ha dicho que venga a buscarte. Oye, que yo solo soy un mandado.

El soldado pareció calibrar un momento sus opciones.

—De acuerdo —aceptó, poniéndose en pie—. Pero tú eres testigo de que voy porque me lo ordenan. No quiero que me metan un puro por abandonar mi puesto.

—Lo que tú quieras, Francis. Pero vámonos ya, que no me gusta un pelo estar aquí al descubierto.

Las siluetas de los soldados se pusieron en marcha y rápidamente se fundieron con la oscuridad que los rodeaba.

—Nos toca —dijo Riley.

Comenzaron a moverse agachados en dirección opuesta a la que habían tomado los centinelas.

Pero justo entonces, una voz autoritaria exclamó a sus espaldas:

—¡Alto ahí en nombre de la Gepública!

Los dos brigadistas se quedaron petrificados, no tanto por haber sido descubiertos sino por aquella inconfundible voz que sonaba como una puerta mal engrasada.

—¡Dense la vuelta! —ordenó entonces la voz, iluminándolos con la luz de una linterna.

Alex y Jack obedecieron sin que hiciera falta que se lo repitieran, muy lentamente y con las manos en alto.

—Bueno, bueno, bueno… ¿Pego a quién tenemos aquí? —dijo André Marty, enormemente feliz por el encuentro—. El genegal Walteg dijo que ega imposible que se le ocuggiega desobedeceglo, que no podgía llegag a seg tan estúpido, pego yo vi en sus ojos la semilla de la insubogdinación, teniente Giley. Sabía que tgaicionagía a sus camagadas y tgatagía de ayudag a huig a esos fascistas —sonrió satisfecho—. Lo sabía.

El comisario político mantenía la mano sobre la culata de pistola que llevaba al cinto en un gesto innecesario, ya que a lado y lado lo flanqueaban cuatro hombres de la guardia personal del general que les apuntaban con sendas ametralladoras Schmeiser de 9mm.

—Ustedes dos están agestados —añadió satisfecho— ...y les asegugo que el castigo segá ejemplag.

Haciéndoles caminar a través del campamento del Batallón Lincoln, encañonados por la espalda como dos vulgares rateros, el comisario Marty hacía al mismo tiempo una exhibición de poder sobre los americanos, a los que consideraba demasiado individualistas y rebeldes, y mandaba un aviso para navegantes: cualquiera que ose desafiar su autoridad sufrirá las consecuencias.

La mayoría de los soldados se pusieron en pie al ver cómo eran conducidos sus dos camaradas de armas a punta de metralleta frente a la tienda de Merriman, quien salió de inmediato al escuchar las anónimas voces de protesta que arreciaban al paso de la triste comitiva encabezada por André Marty.

—¿Qué está sucediendo aquí? —inquirió el comandante con gesto irritado, dirigiéndose a Marty—. ¿Por qué lleva presos a dos de mis hombres?

—No se haga el loco, camagada comandante —replicó el francés con hastío—. Sabe pegfectamente lo que sucede.

—Exijo una explicación —insistió con furia contenida, aunque Riley no estaba muy seguro de si iba dirigida hacia el comisario o hacia él mismo—. No tiene autoridad para arrestarlos.

El comisario se cruzó de brazos con arrogancia.

—¿Segugo que quiege haceg esto, camagada comandante? —acercándose al oído del exprofesor californiano, le susurró en voz baja—: ¿Quiege que le deje en evidencia, desautogizándole delante de sus hombges? —hizo un gesto para señalarle los más de cien que ya se congregaban a su alrededor—. Cualquieg cosa que haga o diga no evitagá que aggeste a estos dos tgaidoges, pego puede afectag dgamáticamente a su situación... pegsonal. ¿Me compgende?

—Le comprendo perfectamente —replicó Merriman en el mismo tono—, pero si cree que puede venir a mi campamento y amenazarme para que…

—No le estoy amenazando —le interrumpió Marty, estirando una mueca cruel—. Yo no amenazo, no lo necesito. Mi autogidad está muy pog encima de la suya, y si se integpone en mi camino estagá cometiendo una ggave falta de indisciplina que el camagada genegal juzgagá con la mayog sevegidad. Y al fin y al cabo —añadió volviéndose hacia Alex y Jack—, ellos dos segán castigados igualmente.

Merriman trató de mantenerse firme, mirando con desprecio a aquel comisario político demacrado al cual sacaba más de una cabeza de altura y al que podría haber roto el cuello con una sola mano. Sin embargo, sabía que en realidad podía hacer poco más que unos aspavientos y protestar ante el general Walter, lo que seguramente no serviría absolutamente de nada.

Dirigió la mirada hacia Alex y Jack, en cuyos ojos podía leerse la certeza de que iban a salir malparados de todo aquello y que nadie iba a poder ayudarlos.

A Merriman le sorprendió leer en los labios de Riley un mudo «lo siento».

Marty dio la orden de continuar, y seguido por los dos brigadistas y los cuatro soldados se alejaron unos metros del campamento hasta llegar al tocón de un olivo muerto. Allí les ataron las manos a la espalda y obligaron a sentarse en el suelo, con la espalda apoyada contra la corteza.

—¿Se encuentgan cómodos? —preguntó el comisario, plantado frente a ellos y con la hilera de dientes de su sonrisa destacando en la oscuridad—. ¿A que ahoga ya no les pagece tan buena idea desafiag a la autogidad?

—¿Por qué no te vas a tomar…? —empezó a recitar el gallego.

—¡Jack! —le interrumpió Alex—. ¡Cierra el pico! —y levantando la vista hacia la negra silueta de André Marty, le dijo—:

Camarada comisario, me confieso culpable de desobediencia o de lo que sea que quiera acusarme, pero el sargento Alcántara es inocente. Solo cumplía mis órdenes y nada de esto tiene que ver con él. No hay más que verle la cara para darse cuenta de que es un pobre gordo sin muchas luces.

—¡*Cagüenla*! —protestó el aludido—. Pero se puede saber qué…

—¡Que te calles, joder! —le increpó Riley.

Una carcajada de hiena brotó de la garganta de Marty, aparentemente divertido con el espectáculo.

—No se moleste, teniente. Sé pegfectamente quién es el saggento Alcántaga, y su histogial de insubogdinación es casi tan extenso como el suyo. Son tal paga cual, y en ciegto sentido es lógico que ambos acaben de la misma manega. ¿No les pagece?

—¿Y qué manera es esa? —quiso saber Jack.

Los dientes del comisario centellearon de nuevo en la oscuridad.

—Esa decisión le cogesponde al camagada genegal… Pego estoy segugo de que segá algo que no olvidagán en mucho tiempo —André Marty dejó ir una risa seca, como la tos de un perro—. Y ahoga les dejagé a la vista de sus camagadas de la Lincoln, paga que todos vean las consecuencias de su insolencia. Mañana pog la mañana vendgé a pog ustedes y les llevagé ante el genegal paga seg juzgados.

El francés dio un paso al frente y se acuclilló ante los dos brigadistas.

—Ah, y les infogmo —añadió en confidencia; el aliento le apestaba como un cubo de basura— que los dos soldados que voy a dejag de guagdia tienen ogdenes de dispagag si tgatan de escapag. Así que, por favog… —rió de nuevo— inténtenlo.

Cinco minutos más tarde, las luces del coche del comisario político se alejaban por el camino de tierra, mientras dos de los hombres de su guardia personal, como había prometido, vigilaban atentos a Alex y Jack sin dejar de encañonarles aunque ambos se encontraban con las manos atadas a la espalda y al tocón.

—En fin… —suspiró Jack—. Tampoco puede decirse que esto sea una sorpresa.

—¿Esto?

—Que estemos arrestados y quieran meternos un puro.

—No, la verdad es que no.

—¿Crees que nos fusilarán?

Riley negó con la cabeza.

—No creo. Lo más probable es que nos degraden a soldado raso y nos pongan a cavar letrinas durante el resto de la guerra.

—Menos mal, porque, si te soy sincero, esperaba morir de otra manera. Asaltando una trinchera enemiga o destruyendo un nido de ametralladoras.

Riley se volvió hacia su amigo.

—¿En serio?

El gallego carraspeó y tragó saliva.

—Bueno, no. En realidad preferiría palmarla en la cama entre las piernas de una hermosa mujer, pero me temo que ya es un poco tarde para eso. Hace más de un año que no echo un polvo.

—Pues a mí no me mires.

Jack le echó un vistazo de arriba abajo.

—No eres mi tipo —concluyó cambiando el tono—. ¿Quién crees que puede haberse chivado a Marty? Alguien ha tenido que decírselo.

Riley se encogió de hombros, aunque en la oscuridad su gesto pasó inadvertido.

—Quizá nadie. El tipo es un gusano, pero no es tonto. Puede que se imaginara que iba a desobedecerle.

—Pues yo estaba pensando en Hemingway, la verdad sea dicha. Te has beneficiado a su novia y pareció no tomárselo muy bien.

Riley meditó por un segundo aquella posibilidad, pero la descartó de inmediato.

—No, no lo creo. No es de esa clase de persona. Antes me habría retado a un combate de boxeo o un duelo a pistola. No lo imagino actuando a traición.

—Pues yo no estaría tan seguro.

—Eso lo dices porque no le conoces.

El sargento resopló por la nariz antes de contestar:

—No, Alex. Lo digo porque estoy viendo que viene hacia aquí, imagino que dispuesto a regodearse.

Riley levantó la mirada y, recortado contra la luz de las hogueras del campamento, distinguió perfectamente la fornida silueta del periodista, acercándose a ellos tranquilamente como quien da un agradable paseo nocturno.

10

—Buenas noches, camaradas —saludó Hemingway a los dos guardias—. ¿Cómo están los prisioneros?

Estos, que no le habían visto llegar, se volvieron sorprendidos empuñando sus armas.

—Tranquilos... —dijo el escritor, levantando las manos—. Tranquilos, amigos míos. Solo vengo a hacerles una visita. ¿No saben quién soy?

—Es el periodista —dijo uno de los soldados, con mucho acento alemán y no menos reticencia—. ¿Qué quiere?

—Nada, nada... Solo venía a hablar con los prisioneros.

—No puede. Lárguese.

—Será solo un momento.

—Nadie puede acercarse a los prisioneros —intervino el otro soldado, este con acento eslavo y menos agresividad en el tono—. Órdenes del camarada comisario.

—Pero yo no soy nadie —alegó el periodista—. Soy Ernest Hemingway, amigo personal del general Vicente Rojo y con un salvoconducto para hablar con quien quiera e ir a donde me apetezca. ¿Creen acaso que las órdenes del comisario Marty están por encima de las del comandante general del ejército de la República?

Los centinelas dudaron qué responder a eso, y Hemingway aprovechó el momento para meter la mano en el bolsillo y sacar una pequeña petaca que alargó a los dos guardias.

—¿Quieren un poco? Es whisky del bueno.

—No podemos beber estando de servicio —objetó el de acento eslavo.

—¿Y quién se lo va a decir a nadie? —señaló a Alex y Jack, y agregó—: ¿Esos dos?

—No podemos beber —repitió el alemán—. Así que guarde eso.

—Está bien… solo pretendía ser amable —se excusó, y dándole un pequeño trago volvió a guardársela en el pantalón—. ¿Y un cigarro? Fumar sí que pueden, ¿no?

—Tenemos nuestro propio tabaco —arguyó el eslavo, palpándose el bolsillo.

—¿Se refiere a esa bazofia rusa que fuman? Eso no son cigarros, son puro veneno. ¿Quieren probar un auténtico cigarrillo americano?

Esta vez los guardias intercambiaron una mirada y terminaron por alargar la mano hacia el escritor.

Este sacó del bolsillo de la camisa un paquete de Camel ya empezado, y extrajo un cigarrillo para cada uno.

Los soldados los tomaron con ansiedad y se los llevaron a la boca de inmediato.

—Esperen… —dijo Hemingway, llevándose la mano a la parte de atrás del pantalón—. Creo que tengo el encendedor por algún lado.

Se acercaron sosteniendo el pitillo con el gesto universal de los que piden fuego, pero lo que se encontraron fue el cañón de un Colt del 45 frente a sus caras y el inconfundible clic del percutor.

—Dejen las armas en el suelo —les ordenó Hemingway, olvidando el tono amable que había empleado hasta el momento—. Muy despacio.

Los dos centinelas aún tardaron un momento en salir de su asombro y comprender lo que estaba sucediendo.

—No vamos a hacerlo —dijo el alemán, desafiante—. ¿Qué va a hacer usted? ¿Dispararnos?

—Preferiría no llegar a eso, pero lo haré si no me queda más remedio.

—Le fusilarán.

—Qué va —replicó el periodista, casi divertido—. Como mucho me invitarían a abandonar el país. Es una de las ventajas de ser una celebridad, nadie me pondrá un dedo encima. Y aparte las manos de la metralleta si no quiere ponerme a prueba —añadió, casi con afabilidad—. Dejen las armas y nadie resultará herido.

—Si lo hacemos —alegó el eslavo—, entonces el comisario nos mandará fusilar a nosotros.

—Es posible, pero podrán echarme la culpa y seguramente se librarán. De otro modo les pegaré un tiro a cada uno antes de que puedan siquiera apretar el gatillo y ya no podrán fumarse más cigarros. ¿Qué me dicen? ¿Vale la pena correr el riesgo?

—No nos disparará a sangre fría —repuso el alemán.

—¿Está seguro? —replicó Hemingway.

Pasaron unos pocos segundos de tensión que se hicieron eternos, y finalmente se escuchó el sordo sonido de un arma al chocar contra el suelo, seguido inmediatamente de un segundo disparo.

Tres minutos más tarde, los centinelas ocupaban el mismo lugar en el que habían estado Alex y Jack, atados al tronco y amordazados. Los dos brigadistas revisaron los nudos por última vez y dejaron a un lado las metralletas.

Bajo la escuálida luz de las estrellas, Hemingway y Riley se miraron cara a cara.

—Gracias —dijo este, tendiéndole la mano—. No sé por qué lo ha hecho, pero gracias.

El escritor le estrechó la mano vigorosamente.

—No soporto a los matones. Eso es todo.

—Creía que los periodistas se limitaban a observar y documentar la sangre ajena.

—No todos los periodistas somos iguales. Del mismo modo que no todos los soldados sois iguales.

—Perdonad que os interrumpa —intervino Jack, que terminaba de ajustar las ataduras de los centinelas—. Pero no estoy seguro de que nuestra situación haya mejorado. Más bien al contrario.

—¿Qué quieres decir? —preguntó Alex.

—Bueno, hace un momento estábamos arrestados, pendientes de un juicio que difícilmente habría significado que nos fusilaran. Ahora en cambio —hizo un gesto hacia los dos soldados amordazados—, lo difícil sería que nos librásemos del paredón.

Hemingway se quitó la boina y se rascó la cabeza.

—Esto lo he hecho para que puedan escapar —dijo el escritor—. No les será difícil alcanzar la frontera francesa desde aquí, o tomar un barco en Barcelona o Valencia que les saque del país.

Alex Riley hizo un gesto de negación.

—No pienso salir corriendo. Después de todo lo que he pasado en esta guerra… No, no voy a desertar.

—Y entonces… ¿Qué piensa hacer?

Riley inspiró profundamente, y solo entonces contestó:

—Ayudaré a esa familia de campesinos a cruzar las líneas, como les prometí.

—¿En serio? —el periodista le miró incrédulo—. Pero… ¿después de todo lo que ha pasado, aún piensa en ayudarlos?

—Por supuesto, con más razón aún. Si me van a fusilar, que al menos haya valido la pena.

—A lo mejor… —intervino de nuevo el gallego, con aire pensativo— hay una tercera posibilidad que no suponga la deserción o la muerte.

El marino y el periodista se volvieron hacia Jack, quien se mesaba la recia barba de una semana con lentitud.

—¿Y si vamos a ayudar a esos campesinos... pero regresamos antes de que amanezca y hacemos como si no ha pasado nada?

Alex le dedicó una mirada perpleja.

—¿Como si no hubiera pasado nada? —señaló a los dos centinelas, que los observaban con los ojos muy abiertos—. Yo creo que ya es un poco tarde para eso, Jack.

—No tiene por qué —sonrió ladino—. Estos dos están en un lío casi tan gordo como el nuestro por dejarnos escapar. Son los mayores interesados en que Marty no se entere de lo sucedido esta noche. De modo que... si regresamos antes del amanecer, desatamos a nuestros dos amigos y nos ponemos en su lugar, nadie tiene por qué enterarse de lo que ha pasado aquí esta noche.

Hemingway asintió, admirado.

—Es usted muy listo, sargento Alcántara. Aunque tendríamos que estar seguros de que ellos están dispuestos a colaborar.

—Eso es fácil de averiguar —apuntó Riley.

Se puso en cuclillas frente a los dos soldados y les preguntó:

—Bueno. Ya lo habéis oído todo, así que no hace falta que os haga la pregunta. ¿Qué me decís?

El escritor se ofreció a vigilar a los dos centinelas, a quienes mantuvieron amordazados para cerciorarse de que no cambiaban de opinión en mitad de la noche. Mientras, Alex y Jack se escabulleron por los márgenes del campamento, en el que ya casi nadie quedaba despierto, y dando un amplio rodeo alcanzaron la acequia que habían usado la noche anterior. A paso vivo pero sin abandonar la cautela, avanzaron por ella hasta que tuvieron la granja a la vista.

—¿Ves algo? —preguntó Jack a Riley, que había asomado la cabeza por encima del talud.

—Igual que ayer. Todo a oscuras.

—Eso es buena señal.

—Supongo.

—No pensarás en serio lo que me dijiste antes, de que podría ser una retorcida trampa de los nacionales.

Alex tardó un momento en contestar.

—No. Claro que no —y poniéndose en marcha de nuevo, añadió—: Pero no está de más pecar de prudentes por una vez.

Al cabo de dos minutos alcanzaron la parte de atrás de la casa, exactamente como habían hecho el día anterior, y también del mismo modo salieron de la acequia y se acercaron con sigilo hasta pegarse contra la pared.

A Riley se le clavaba en la espalda la pistola que llevaba sujeta en la parte de atrás del pantalón. La misma que había usado el periodista para reducir a los guardias y que resultó ser su vieja Colt del 45. No le preguntó a Hemingway cómo se las había ingeniado para quitársela a Merriman, que fue a quien se la entregó Marty tras arrestarlos.

Aguantando la respiración aguardaron unos instantes sin moverse y aguzaron el oído, pero ni un solo sonido salió de la casa.

Siguiendo la misma pauta que el día anterior, rodearon la casa hasta alcanzar la ventana norte que, sin embargo, en esta ocasión estaba cerrada por dentro, con lo que no les quedó más remedio que dirigirse a la entrada de la casa, una pequeña puerta de tablones sin desbastar y torpemente claveteados.

—Señor López… —dijo Alex en sordina, hablándole a la puerta—. Señor López…

Silencio.

—Deberían estar esperándonos, ¿no? —se preguntó Jack.

—Eustaquio… —insistió Riley—. ¿Está usted ahí? Somos Joaquín y Alex.

Nada.

—Esto es muy raro —advirtió el gallego—. Deberíamos…

Y diciendo esto se apoyó en la tosca puerta, que con un gemido se abrió bajo el peso de su mano.

El interior de la casa, oscuro como una cueva, no permitía adivinar lo que aguardaba en su interior.

—¿Hola? —preguntó Riley, asomando la cabeza—. ¿Hay alguien ahí?

Ninguna respuesta llegó desde dentro.

—Cagüenla —gruñó Jack—, aquí no hay nadie. Nos estamos jugando el pescuezo, para que…

—Schhh… Calla —le atajó Alex poniéndole la mano en el pecho.

—¿Qué?

—Me parece que he oído algo.

—Serán mis tripas. Casi no he cenado.

Alex le miró con reproche.

—Te has comido la mitad de mi ración —le recordó—. Y el sonido venía de dentro de la casa.

—Pues serán ratas. Está claro que aquí no hay nadie.

El teniente Riley agudizó la vista, oteando la oscuridad.

—Seguramente. Pero ya que hemos llegado hasta aquí, hemos de asegurarnos.

Con precaución cruzó el umbral seguido de cerca por Jack, y en cuanto cerraron la puerta a su espalda Alex sacó el encendedor que le había dado Hemingway y, sosteniéndolo en alto, iluminó la habitación.

La tibia luz anaranjada de la llama apenas alumbraba más allá de un par de metros, pero fue suficiente como para que comprendieran que allí había pasado algo. Algo malo.

Todos los muebles aparecían tirados por el suelo, incluso la pesada mesa de madera, y pedazos de cuencos de barro y cristales cubrían el suelo y crujían lastimosamente bajo sus pisadas.

—Mierda —profirió Jack, resumiendo perfectamente la situación.

Alex se hizo con un quinqué milagrosamente intacto y lo encendió. El alcance del destrozo quedó a la vista.

—No hay cuerpos. Ni sangre —señaló con alivio—. Han debido llevárselos.

—Los nacionales —apuntó Jack innecesariamente.

—¿Quién si no? Debieron enterarse que iban a huir y se los llevaron de vuelta al pueblo.

—Qué cabrones... ¿Pero qué más les daba? ¿Por qué impedírselo?

—Si sus mandos son la mitad de paranoicos que los nuestros —contestó Riley—, los habrán acusado de ser espías comunistas o algo parecido.

Entonces, el rostro de Jack mutó en una repentina preocupación.

—¿Les habrán dicho que... veníamos? —formuló la pregunta sabiendo de antemano la respuesta.

Alex se enervó, al comprender a lo que se refería.

—Tenemos que irnos ahora mismo —dijo, apagando el quinqué y dirigiéndose hacia la salida.

Pero se detuvo en seco cuando ya tenía la mano en el cerrojo, alzando la cabeza como un perro perdiguero.

—No son ratas —advirtió, dándose la vuelta.

Volvió a sacar el mechero, y manteniéndolo encendido se dirigió a una de las puertas del fondo, la abrió, y se encontró con lo que debía ser la habitación de Eustaquio y su esposa.

A un lado había un viejo armario con las puertas abiertas de par en par y la ropa esparcida a sus pies, como si lo hubieran destripado. En la pared del fondo un crucifijo de madera colgaba de la pared encalada, y bajo el mismo una cama revuelta albergaba un colchón de paja que se derramaba por las costuras abiertas.

Riley se plantó en medio de la habitación, miró a izquierda y derecha, y muy lentamente se arrodilló. Colocó el encendedor a la altura del suelo, agachó la cabeza hasta tocar con la mejilla la fría piedra y miró bajo la cama.

Desde la penumbra, un par de ojos le observaban aterrados.

11

Joaquín Alcántara regresó de la despensa con una jarra y tres vasos, y los dejó encima de la mesa que Alex había puesto derecha. Se sentó y llenó los tres vasos hasta la mitad, con el mismo vino tinto y recio que habían bebido la noche anterior en muy distintas circunstancias.

Frente a los dos brigadistas, con el rastro que las lágrimas habían dejado en su rostro churretoso y la mirada inquieta, Javier ocupaba una de las sillas con la barbilla a la altura del borde de la mesa.

Jack le alargó uno de los vasos al niño, que lo sujetó con ambas manos.

—Madre solo me deja beber un poquito —dijo Javier, con la nariz metida dentro del vaso.

—Hoy es un día especial —alegó el gallego—. Bébetelo todo.

—¿Estás seguro? —preguntó Riley, volviéndose hacia su amigo.

—Le calmará los nervios —explicó—. Mi padre me lo daba cuando era pequeño y ya ves lo bien que he salido.

Riley se quedó mirando a su amigo, tratando de averiguar si estaba hablando en serio. Finalmente decidió que tampoco importaba demasiado.

—Entonces, Javier —dijo a continuación, dirigiéndose al niño—, dices que los soldados se llevaron a tus padres, a tus hermanas, a tus abuelos y a tus tíos.

El pequeño negó con la cabeza.

—No… —dijo con hastío, como si repitiera la historia por enésima vez—. Se llevaron a mis padres y mis hermanitas. A mis tíos, mis primos y mis abuelos los agarraron cuando salían del pueblo.

—¿Tú lo viste?

—Sí, los vi. Y vine a casa corriendo a decírselo a padre, pero entonces también vinieron aquí.

—Y tú te escondiste bajo la cama —concluyó Jack.

—¡Madre me dijo que lo hiciera! —replicó—. Yo no quería. Pero me dijo que me quedara aquí hasta que vinieran ustedes.

—¿Eso te dijo?

Javier afirmó vigorosamente y añadió:

—Y que me fuera con ustedes lejos del pueblo y no volviera más. Pero yo no quiero irme solo. Quiero ir con mi papá y con mi mamá. ¿Me llevarán con ellos?

Jack tragó saliva y se reclinó sobre la mesa.

—Verás, Javier. No… —carraspeó incómodo—. Ahora mismo no podemos llevarte con tus padres. Ellos están en…

—¿Por qué no?

—Pues… Porque… —miró a su izquierda—. Explícaselo tú, Alex.

El teniente le devolvió una mirada de fastidio, pero dejó a un lado su vaso y dijo:

—Tus padres han sido detenidos por nuestros enemigos, así que no podemos acercarnos al pueblo. ¿Lo entiendes? Además, no sabemos dónde están.

—Sí.

—¿Sí lo entiendes?

—Sí que se dónde están.

—¿Lo sabes?

—Claro. En la Iglesia. Se lo oí decir a uno de los soldados que vinieron. ¿Me van a llevar con ellos?

—No podemos, Javier. Hemos de marcharnos, y tú te vendrás con nosotros como te dijo tu madre.

—Pero yo no quiero irme… —insistió el niño al borde de las lágrimas—. Yo quiero ir con ellos.

—Lo siento, hijo. Eso no va a poder ser.

—¡Sí que puede ser! —gritó furioso—. ¡Me puedo ir solo! Yo sé el camino.

Dejó el vaso en la mesa de golpe y se puso en pie.

—Quieto ahí, chaval —ordenó Jack con tono autoritario—. Siéntate —esperó a que el niño obedeciera y añadió—: Es muy peligroso ir al pueblo, y además, a partir de mañana empezarán a bombardearlo, así que si vas te matarán. Y tu madre no querría que te mataran, ¿a que no?

El niño negó lentamente con la cabeza, pero frunciendo el ceño, preguntó:

—Pero mi familia está toda allí… ¿Qué les pasará a ellos? —empezó a llorar desconsoladamente—. ¿Se van a morir? ¡Yo no quiero que se mueran!

—No. No van a morirse. Ellos…

—¡Sí! —le apuntó acusador con el índice—. ¡Lo acabas de decir!

Riley se retrepó en la silla, cruzándose de brazos.

—Muy bien, Jack… —masculló por lo bajo—. Veo que tienes mano con los niños.

—Deja de llorar, Javier —dijo el gallego, pero el niño ya no le escuchaba.

—¡No quiero que se mueran! —insistió—. ¡Tiene que salvarlos! ¡Padre dijo que ustedes nos iban a salvar!

—Eso no…

—¡Lo dijeron! —exclamó entre lágrimas—. ¡Si ustedes no hubieran venido ayer noche, no se habrían llevado a mis padres! ¡Es su culpa!

—No, Javier. Eso no es cierto.

Para sorpresa del gallego, quien le replicó fue su amigo.

—Sí lo es.

—¿Qué?

—Tiene razón, es culpa nuestra —respiró profundamente y dejó salir todo el aire de golpe—. Nosotros hemos provocado todo esto —apoyó los codos sobre la mesa y enterró la cara entre las manos—. Somos los responsables.

Jack entrecerró los ojos con suspicacia antes de preguntar:

—¿A dónde quieres ir a parar?

Riley levantó la cabeza y esbozó una mueca estoica.

—Ya lo sabes.

—¿No lo dirás en serio?

—Totalmente.

—Pero…

—Ya sé los peros, Jack —dijo apoyando la mano en su hombro—. Pero tengo que hacerlo.

El gallego se pasó la mano por la nuca, y con la resignación del condenado afirmó:

—Tenemos.

—¿Estás seguro?

—Desde luego que no —sonrió con tristeza—. Pero por una vez, tampoco estaría mal hacer algo bueno en esta puta guerra.

—Esa es la idea —asintió Riley.

El marino se volvió entonces hacia el niño. Hasta entonces no se había dado cuenta de que había dejado de llorar y los miraba a ambos con los ojos como platos.

—¿Van a ir a por mis papás?

—Vamos a ir —le confirmó.

Entonces, el niño saltó encima de la mesa, se abalanzó sobre Riley, y lo abrazó como un náufrago a su tabla. Luego se soltó, e hizo lo propio con Joaquín, repitiéndole al oído una y otra vez: *gracias, gracias, gracias*.

Cuando el muchacho se hubo calmado —y Jack se hubo secado un par de lágrimas con disimulo—, comenzaron a trazar el improbable plan de rescate.

Sobre la mesa habían extendido una cuartilla medio emborronada, en la que con la punta de un viejo lápiz, Riley había trazado un tosco plano de Belchite siguiendo las indicaciones del niño y lo poco que recordaba del mapa que el general les había mostrado el día anterior.

El pueblo dibujado a la luz del quinqué mostraba una forma irregular de patata, ligeramente alargada de este a oeste. La granja de los López donde se encontraban estaba a cosa de un kilómetro al norte.

Desde luego la representación no era en absoluto fiable, pero peor era no tener nada.

—Muy bien —dijo Riley, apoyando la punta del pequeño lápiz sobre la representación del convento de San Agustín—. Entonces, aquí tenemos el convento, y dices que escuchaste que llevaban a tus padres a la iglesia, que está…

—Aquí —señaló Javier, poniendo el dedo sobre la cuartilla.

—¿Y la comandancia militar? —preguntó Jack.

—¿Lo qué?

—El cuartel —corrigió—. El edificio donde están los generales. Con banderas y soldados en la puerta.

—Ah, aquí —contestó satisfecho, apoyando el dedo de nuevo—. Justo al lado de la iglesia.

—Estupendo —opinó Jack, torciendo el gesto.

—¿Y recuerdas si había muchos soldados?—preguntó Riley.

El niño hizo un gesto sacudiendo la mano.

—¡Muchísimos! —exclamó, alzando las cejas—. ¡Más que gente del pueblo!

Alex y Jack intercambiaron una mirada que no necesitó palabras.

Aquello pintaba cada vez peor.

Riley dejó el lápiz sobre la mesa y se echó hacia atrás en la silla. Clavó la vista en el techo y trató de imaginar la manera de poder llegar hasta la iglesia sin ser vistos. Sobre cómo salir de allí llevando a civiles, algunos de ellos niños y ancianos, era algo que ni se atrevía a pensar.

—Javier —se dirigió al niño, cayendo en la cuenta de que no le había hecho una pregunta crucial—, ¿sabes a cuántas personas de tu familia se llevaron los soldados?

El niño afirmó con la cabeza, y llevándose la punta de los dedos a los labios comenzó a recitar muy serio.

—Uno. Dos. Tres. Siete. Catorce. Nueve. Cincuenta. Veinte. Dieciséis…

Jack puso los ojos en blanco, y Riley estuvo a punto de romper a reír por lo absurdo de la situación.

—Vale, vale… ¿Y con los dedos? ¿Me puedes mostrar con los dedos cuántos son?

De nuevo, Javier se puso a pensar y comenzó a levantar los dedos de su mano derecha uno a uno, y cuando se le terminaron empezó con los de la mano izquierda. Y luego de nuevo los de la mano derecha.

—¡Eso son quince personas! —exclamó Jack.

—No sé —repuso el niño tranquilamente.

—¿Estás seguro de que son tantos, Javier? —inquirió Riley.

Javier asintió convencido.

—De acuerdo… Digamos que son quince —miró a Joaquín—, y la mitad al menos serán niños y ancianos. ¿Cómo lo ves?

—¿De verdad quieres saber lo que pienso?

—No. La verdad es que no.

—Lo suponía —estiró los labios escorando una sonrisa—. Ni siquiera sabemos cómo entrar en el pueblo sin que nos descubran.

—Cierto. Deben estar vigilando permanentemente el campo que rodea el pueblo, y que para colmo no tiene un puñetero árbol donde esconderse —y volviendo de nuevo su atención hacia Javier, le preguntó—: Tú no sabrás alguna manera de entrar en el pueblo sin que nos vean, ¿no?

El niño le miró como si acabara de preguntarle si sabía chutar una pelota.

—Pues claro —respondió, casi ofendido—. Por la acequia grande.

—¿Lo dices en serio? —inquirió el sargento.

—Pues claro —repitió—. Es por donde yo entro y salgo desde que llegaron los soldados.

—Y... ¿dónde está esa acequia?

—Tras la casa —afirmó, señalando a su espalda—. Es la que viene de Codo y llega hasta el pueblo, frente al convento.

Riley tomó de nuevo el lápiz y comenzó a trazar una línea que iba desde la granja hasta la fábrica de aceite, junto al convento abandonado de San Agustín.

—¿Por aquí? —preguntó, refiriéndose al mapa—. ¿Por aquí va la acequia?

Javier asintió con seguridad.

—Ahora está seca —dijo con cierta tristeza—, porque hace más de un mes que no llueve. Cuando tiene agua voy con mis primos a bañarnos.

Riley volvió a mirar de nuevo a su amigo, y esta vez la mueca había dado paso a una sonrisa ladina.

—Tenemos nuestra entrada —le dijo, casi se diría que entusiasmado—. ¿Te apetece dar un paseo?

El gallego se puso en pie con una expresión parecida en el rostro.

—Creí que nunca ibas a pedírmelo.

12

La acequia grande en realidad no estaba completamente seca, como había adelantado el niño. Un hilo de agua se arrastraba por el fondo de la misma, y el suelo que pisaban los dos brigadistas estaba cubierto de una película de barro maloliente que se pegaba a la suela de las botas como si fuera engrudo. Entre eso y lo incómodo de caminar más de un kilómetro agachados, el recorrido por la acequia se les estaba haciendo eterno.

—Ya casi estamos —susurró Riley, volviéndose hacia atrás.

—Ya era hora —contestó Jack en el mismo tono—. Por cierto, ¿qué hora es?

El marino consultó su reloj de pulsera, haciendo que la luz de las estrellas se reflejara en las manecillas.

—La una y veinte.

—*Carallo* —gruñó el gallego—. Hemos perdido más de tres horas.

—Amanece a las siete y media. Aún tenemos seis horas más.

—Nos va a ir muy justo.

—Lo sé. Vamos.

Continuaron caminando encorvados, dirigiéndose al ya próximo convento de San Agustín.

Las ventanas de la fábrica eran rectángulos negros que destacaban en la fachada de ladrillo como huecos en una dentadura. Aunque parecía no haber nadie dentro del edificio, a Riley no le cabía duda de que algunos soldados enemigos estarían montando guardia en su interior detrás de aquellas ventanas, cobijados por la oscuridad.

Con extrema cautela siguieron avanzando por la acequia hasta alcanzar una pequeña tapia, justo delante de la pared de la factoría. El murete les ofrecía una protección extra y la posibilidad de recostarse contra él y descansar un momento, a salvo de la mirada de los centinelas.

—Temía que hubiera trampas o alguna alarma en la acequia, y que la hiciéramos saltar al pasar por ella —susurró Jack, apoyando la espalda en la tapia junto a Riley.

El teniente se volvió hacia él.

—¿Por eso insististe en que fuera delante?

—Tienes mejor vista que yo. Y más suerte.

—Al menos podrías haberme avisado.

Jack sonrió con inocencia.

—No quería asustarte.

—Qué amable… —bufó, fingiendo decepción—. Menos mal que al parecer los sublevados no contaban con que nadie tratara de infiltrarse en el pueblo.

—Nadie lo bastante tonto, querrás decir. Y hablando de tontos… no me ha parecido ver a nadie asomado a las ventanas. ¿Crees que pueden haber sido tan descuidados como para no poner vigías?

—Yo tampoco he visto a nadie, pero seguro que hay alguien oculto. Me juego la paga.

—¿Qué paga?

—Es un decir. Vamos —dijo señalando hacia el este con la cabeza—, sigamos adelante. Aún tenemos que llegar al otro extremo del pueblo.

Siguieron la sinuosa línea del muro, caminando muy despacio y con la cabeza gacha, deteniéndose cada vez que escuchaban el más mínimo ruido, hasta que alcanzaron la fachada del convento abandonado que se erguía imponente como el mayor edificio de Belchite.

Justo frente a ellos, una sección de muro de varios metros de longitud se había derrumbado y si lo cruzaban quedarían expuestos ante cualquiera que estuviese observando.

—¿Qué hacemos? —cuchicheó Jack a la espalda de Riley—. ¿Ves algo?

Este se asomó con mucho cuidado por la brecha, escrutando los grandes ventanales abiertos del convento, pero solo alcanzaba a ver la oscuridad más absoluta.

Desde donde estaba apenas podía observar las cuatro ventanas que quedaban justo enfrente, pero si se asomaba más corría el riesgo de ser descubierto.

Aunque no parecía que hubiese nadie allí.

Aguardó casi un minuto, a la espera de cualquier ruido o movimiento que delatase la presencia de un centinela, pero no pasaba nada. Por increíble que fuera, parecía que allí no hubiera nadie.

Por otro lado, no podían quedarse allí indefinidamente, de modo que apretó los dientes y, decidido, se dispuso a atravesar aquel espacio sin protección.

Pero justo cuando daba el primer paso, una ráfaga de aire le hizo llegar un inconfundible olor a tabaco.

Riley se quedó completamente quieto, escrutó de nuevo la oscuridad tras los ventanales, y pudo ver cómo en uno de ellos brillaba la minúscula brasa incandescente de la punta de un cigarro.

—¿Qué hacemos? —preguntó Jack en voz baja—. Es el único camino que hay, y no podemos dar un rodeo.

—Habría que distraer al fulano. O los fulanos. Puede que haya más.

—¿Y cómo?

—Haciendo que miren hacia otro lado durante unos segundos.

—Repito: ¿cómo?

—No lo sé. Bueno… —vaciló— quizá. Se me ocurre, que podría tratar de hacer una especie de bomba de humo.

El gallego frunció el ceño.

—Estás de guasa.

—No, en serio. Lo leí en el manual del brigadista.

—¿Hay un manual del brigadista?

—Pues claro que… Bah, da igual. Lo interesante es que enseñaban cómo hacer una bomba de humo con un poco de betún, un calcetín, algo de pólvora y hierba seca —sacó el encendedor y la pistola y añadió—: Y tenemos todos los ingredientes.

—Ya. ¿Y sabes cómo hacerlo?

—Puedo intentarlo.

Jack negó con la cabeza, nada convencido.

—No me gusta —dijo—. Si no sale bien, prenderás un fuego y entonces sí que nos verán.

—Ya… puede que tengas razón —admitió—. Pero no se me ocurre otra cosa.

—Pues mira por dónde, a mí sí.

Dicho esto, se alejó una veintena de metros en la misma dirección en la que habían venido, rebuscó entre los hierbajos, y al cabo de un momento se irguió, sopesando algo en la mano.

Alex tuvo un terrible presentimiento sobre lo que pretendía hacer su amigo y hubo de contenerse para no lanzarle un grito. Se dirigió a toda prisa hacia él, haciendo aspavientos, pero Jack o no lo vio o no quiso verlo, y tomando algo de impulso echó el brazo hacia atrás y lanzó un pedrusco enorme por encima de la tapia contra una de las pocas ventanas del convento que aún tenían cristales.

El agudo estrépito de los cristales rompiéndose fue como si un rayo partiera el silencio de la noche. A Riley le pareció que el ruido se habría oído hasta en el último rincón de Belchite, como si una bomba hubiera caído en mitad del pueblo.

Boquiabierto ante la insensatez del gallego se había quedado simplemente mirando, esperando que en cualquier momento comenzaran a llover las balas.

Sin embargo, en cuanto hubo lanzado la piedra Jack se le acercó a paso vivo.

—Venga, vamos —le apremió—. No te quedes ahí plantado como un pasmarote.

Riley parpadeó perplejo, buscando las palabras para definir la tontería que acababa de cometer, pero se dio cuenta de que el sargento pasaba de largo, se asomaba al hueco en el muro y lo cruzaba a toda prisa sin que nadie le disparase o diese la voz de la alarma.

—La madre que lo parió… —renegó en voz baja.

Y sin molestarse en mirar primero, corrió siguiendo los pasos de su amigo, que le esperaba al otro lado cruzado de brazos y con expresión satisfecha.

Tras el corto *sprint* Riley llegó a su lado con el corazón desbocado, más por la tensión que por el esfuerzo, y se apoyó en el muro mientras oía a Jack decir, ufano:

—A veces los planes sencillos son los mejores.

Por suerte ya no se encontraron con más espacios en blanco en el muro, y las voces de los guardias intrigados por el cristal roto quedaron atrás rápidamente.

Riley aún pensaba en la insensatez que había cometido Jack y la indudable suerte que habían tenido de que nadie los viera, cuando llegaron al final de la tapia, que a la postre se fundía con la fachada de las casas del límite exterior del casco urbano. Se detuvieron un instante para comprobar que no había nadie a la vista y, tan agachados que casi iban a cuatro patas, se internaron por una estrecha calleja empedrada que conducía al pueblo, flanqueada por edificios de dos y tres plantas de bella factura.

Cada pocos pasos se paraban a escuchar, buscando cobijo permanentemente entre las sombras de soportales y portones. La calle, como todas las de Belchite, se hallaba completamente a oscuras, y tampoco de las ventanas manaba el más mínimo rastro de luz. Al parecer, las fuerzas ocupantes habían instaurado el toque de queda y prohibido cualquier tipo de iluminación nocturna.

Llegaron así hasta una pequeña plaza triangular en la que confluían nada menos que siete calles. Alex Riley levantó la vista y a pesar de la oscuridad fue capaz de leer la placa con la leyenda: Plaza de San Salvador. Una plaza que, por supuesto, no aparecía en el tosco mapa que llevaba en el bolsillo.

—¿Y ahora? —cuchicheó Jack en su oído, haciendo referencia a las seis calles que se abrían ante ellos—. ¿Hacia dónde?

El teniente se encogió de hombros.

—No tengo ni idea —confesó—. Pero creo que debe de ser una de esas —añadió, señalando dos de las calles que se abrían justo enfrente. Una bastante más ancha que la otra.

—Yo voto por la estrecha —dijo Jack—. Es más oscura.

—Es cierto —opinó Riley—. Pero la otra parece que va justo a…

Antes de terminar la frase les alcanzó un rumor de pasos y voces de hombres acercándose.

—Una patrulla —mascculló Jack con vehemencia, señalando la calle ancha por la que se acercaban.

—Por la otra. Por la otra —le urgió Alex en susurros, cruzando la plaza a toda prisa sin hacer ruido— Vamos.

Se adentraron en la negrura del callejón cuando dos soldados moros desembocaban en la plaza y se detenían en ella. Desde la seguridad relativa de las sombras, observaron cómo los dos marroquíes apoyaban los máuser en una pared y se ponían a fumar tranquilamente, ajenos a la presencia de los brigadistas.

—Nos ha ido de un pelo —bufó Jack.

Riley solo asintió conforme, y dándole una palmada en el hombro le animó a continuar.

Esa calle era aún más estrecha que la anterior, y sobre sus cabezas los balcones de los edificios casi se tocaban con el de enfrente. Riley levantó la vista y pensó que dos vecinos que se asomaran al mismo tiempo podrían darse la mano sin salir de sus casas.

Unos cien metros más allá el callejón volvía a abrirse al empalmarse con otra calle, y por fin pudieron ver el campanario hexagonal de la iglesia alzándose justo delante de ellos, recortado contra el cielo estrellado.

—La iglesia —anunció un sonriente Riley—. Y está sin vigilancia. Creo que hemos tenido suerte.

Jack, en cambio, señaló hacia la derecha.

—Yo esperaría antes de descorchar el champán.

Intrigado, Riley miró en la dirección que le indicaba su amigo y se le cayó el alma a los pies.

A unos cincuenta metros a su derecha, al otro lado de una plaza rectangular flanqueada de frágiles arbolitos, se elevaba la fachada de otra iglesia de aspecto similar en forma y tamaño a la que tenían enfrente.

—¿Otra iglesia? —gruñó—. El niño no nos dijo que había dos iglesias.

—Pues eso no es lo peor. Fíjate bien.

Riley escrutó las pesadas sombras que envolvían la plaza.

Al principio no vio nada aparte de un camión militar y una ametralladora instalada tras unos sacos terreros, pero al cabo de un momento algo se movió en el límite de la percepción y atisbó varias siluetas apostadas tras aquellos sacos, a escasos metros del portón del templo.

—Soldados —masculló entre dientes.

—Son media docena —apuntó Jack, agachándose junto a Riley—. Y eso sin contar a los que no podemos ver. Es imposible acercarse sin que nos descubran.

Alex asintió en silencio, compartiendo la misma opinión.

Entonces oyeron el amortiguado eco de una carcajada.

Se volvieron de golpe, intercambiando una mirada de preocupación.

Al parecer, la patrulla que habían dejado atrás había tomado el mismo camino que ellos y pronto aparecería doblando la esquina de la angosta calleja.

No podían quedarse donde estaban, tampoco podían volver atrás, y si salían a la plaza los descubrirían de inmediato.

No había escapatoria.

13

Riley agarró del brazo a Jack, urgiéndole a moverse.

—A la iglesia —le susurró con urgencia, llevándole hacia el portón que tenían justo delante.

En dos zancadas se plantaron frente a la puerta de madera sólida que, como no podía ser de otra manera, estaba cerrada. Tratando de no hacer ruido, apoyaron todo su peso contra ella, pero no cedió ni un milímetro.

—*Cagüenla*. Está cerrada por dentro —renegó el gallego.

Alex volvió a empujar una vez más, pero desistió al convencerse de que era imposible.

No podían entrar en la iglesia y los pasos de la patrulla se iban acercando.

Una recurrente sensación de fatalismo se apoderó del ánimo de Alex y, mientras Jack seguía aún empujando el portón en vano, se echó la mano a la espalda y sacó la pistola.

No tenían donde esconderse, así que el único camino que les quedaba era sorprender a los soldados que se acercaban y tratar de escapar del pueblo aprovechando la confusión. Pero era consciente de que, una vez se diese la voz de alarma, las oportunidades de salir de allí con vida eran muy…

Sus ojos se habían quedado fijos en un punto a dos metros sobre su cabeza, pero el cerebro aún tardó un instante en procesar lo que estaba viendo.

Una ventana abierta.

—¡Jack! —levantó la voz más de lo que hubiera debido—. Mira.

El aludido alzó la vista y vio lo mismo que Riley.

—Vamos —le apremió el teniente, colocándose junto a la pared y entrelazando los dedos para hacer un escalón—. ¡Sube!

—Pero…

—Déjate de peros, joder. Súbete a mis hombros.

Jack parpadeó indeciso, pero finalmente se encargó sobre Riley, quien temblaba por el esfuerzo de soportar el peso del fornido sargento.

—Maldita sea, sube ya —bufó, abrumado por los más de cien kilos del gallego.

—Aún no alcanzo la ventana… —refunfuñó, tratando de hacer pie en una oquedad en la pared de piedra, hasta que finalmente, aferrándose a la ventana se dejó caer en el interior.

Las voces de los centinelas ya se podían oír perfectamente, y Alex calculó que tenía menos de veinte segundos para alcanzar la ventana por la que había desaparecido Jack.

Tomando impulso se aferró a un canalón de agua sujeto a la fachada, y usándolo como una suerte de liana trepó por él hasta alcanzar la altura de la ventana, que le quedaba a medio metro a la izquierda. En ese punto siguió el ejemplo de Jack introduciendo la punta de la bota en un pequeño hueco de la pared y se agarró al marco, pero cuando estaba a punto de saltar se le escapó el pie perdiendo el apoyo. Súbitamente se vio colgando de la ventana con una sola mano y los pies en el aire.

Una nueva carcajada sonó a su izquierda, y al volverse ya pudo ver la brasa incandescente del cigarro de uno de los soldados brillando en la oscuridad.

Riley era consciente de que si él podía ver su cigarro, ellos podrían ver a un tipo de metro ochenta colgado como un mono de la fachada.

Entonces trató de elevarse a pulso, pero sin tener donde apoyar los pies resultaba imposible.

Apretando los dientes se esforzó en un último intento antes de que fuera demasiado tarde, y cuando ya las fuerzas comenzaban a flaquearle y temía desplomarse estrepitosamente en mitad de la calle, dos poderosas manos le sujetaron de las muñecas y tiraron de él hacia arriba como si fuera un muñeco.

Cuando sus pies atravesaron la ventana, golpeó accidentalmente el batiente provocando un golpe seco que hizo levantar la vista a los dos soldados que en ese momento ya estaban casi debajo; por suerte, un instante después de que el talón de la bota de Riley hubiera desaparecido de la vista.

Los dos brigadistas se quedaron completamente quietos, temiendo oír una voz de alarma o que alguien llamara a la puerta de la casa para investigar, pero tras unos segundos de incertidumbre, aguantando la respiración, escucharon cómo uno de los soldados decía algo aparentemente gracioso en árabe y el otro se echaba a reír de buena gana mientras se alejaban.

Solo entonces Jack y Alex se dejaron caer sobre el suelo, resoplando, agotados por la tensión y el esfuerzo.

—Por un pelo —dijo Jack—. Nos ha ido de un pelo.

—Mañana mismo...—le reprochó Alex entre jadeos— te pones a dieta.

En cuanto recuperaron el aliento se pusieron en pie y, aprovechando la exigua luz que entraba por la ventana, trataron de averiguar dónde estaban.

Por suerte no habían ido a parar a un dormitorio, sino a una especie de despacho con una gran mesa de roble en el centro sembrada de papeles y coronada con un desproporcionado crucifijo.

—¿Qué hacemos? —preguntó Jack—. ¿Volvemos a la calle?

—¿Para qué? En la iglesia de aquí al lado no podemos entrar, y la otra está tan vigilada que tampoco.

Jack pareció pensar sus siguientes palabras antes de decidirse a pronunciarlas.

—Bueno, pero entonces... ¿Nos volvemos?

—No. Aún no. No hasta estar seguros de que no podemos hacer otra cosa.

—Vale, ¿pero qué? Si los tienen en una de las dos iglesias, pero no podemos entrar en ninguna de ellas…

—No lo sé, Jack. Pero creo que deberíamos echar un vistazo —sugirió, señalando la mesa—. Ese crucifijo y que la casa esté pared con pared con la iglesia, podría significar algo. Nunca se sabe. Quizá esta sea la vivienda del cura y tenga una puerta trasera, o incluso un pasadizo que lo comunique con el templo.

Jack se encogió de hombros, no demasiado optimista.

—Ya que hemos llegado hasta el río —apuntó con filosofía—, vamos a intentar cruzar el puente.

—Exacto —le dio una palmada en el hombro, y acercándose a la puerta tomó la manija y se volvió hacia Jack—. ¿Listo?

—No —confesó—. Pero no voy a estarlo más.

Entonces Riley hizo girar el pomo y abrió la puerta dispuesto a cruzarla.

A dos palmos de su cara se materializó el rostro boquiabierto de una mujer gruesa de unos sesenta años, que sostenía un candelabro encendido en la mano izquierda, un atizador en la derecha, e iba ataviada con un hábito blanco y una cofia negra que la cubrían de pies a cabeza.

—¿Pero qué diantre…? —comenzó a decir la mujer en cuanto se repuso de la sorpresa. Pero no pudo acabar la pregunta.

Alex le cubrió la boca con una mano, mientras con la otra la arrastraba dentro del despacho a la fuerza y Jack cerraba la puerta a sus espaldas.

Sentada en una silla bajo la luz del candelabro, la monja miraba a los dos brigadistas con ojos iracundos.

Jack terminaba de cerrar los postigos de la ventana, mientras Alex, que aún mantenía la mano sobre la boca de la mujer, le decía:

—No vamos a hacerle ningún daño. Solo quiero hacerle unas preguntas y nos marcharemos enseguida —y advirtiéndole con el dedo, añadió—: Así que no grite y nadie saldrá herido.

Entonces retiró la mano, y apenas lo hizo la religiosa exclamó en voz alta:

—¡Salgan inmediata...!

Al instante Riley volvió a taparle la boca con la mano izquierda mientras con la derecha se sacaba la Colt de la parte de atrás del pantalón y la ponía frente al rostro de la religiosa, para que pudiera verla bien.

—¿Cree que no hablo en serio? —le preguntó con tono amenazante, acercándose mucho a su rostro—. Si vuelve a alzar la voz, le juro por su dios que le pego un tiro. ¿Me ha entendido? Haga que sí con la cabeza si me ha entendido.

La monja miró a los ojos de Riley y afirmó muy lentamente.

—De acuerdo —dijo Alex, apartándole la mano de la cara solo unos centímetros—. Volvamos a intentarlo. ¿Cómo se llama?

Los labios apretados de la mujer parecían estar conteniendo un exabrupto, y aún tardaron un momento en abrirse de nuevo.

—¿Quiénes son ustedes? —inquirió con furia contenida.

—Aquí las preguntas las hacemos nosotros —replicó Riley con aspereza—. Se lo repetiré una vez más —levantó de nuevo el arma—: ¿Cómo se llama?

—¿Cree que me asusta con su pistolita? —repuso la monja, desafiante—. Si dispara se oirá en todo el pueblo y en un minuto esto estará lleno de soldados que...

Antes de que acabara la frase, Jack se puso en cuclillas frente a ella y desenfundó el cuchillo de uno de los centinelas a los que habían amordazado.

—¿Me decía?

La monja tragó saliva.

—Esta es la casa de Dios... —alegó, algo menos altiva—. No tienen ningún derecho a entrar aquí. No hay nada que puedan llevarse.

—No venimos a robar —aclaró Riley.

El gesto de la religiosa, lejos de tranquilizarse, reflejó alarma.

—¿Y a qué han venido entonces? —inquirió, ahora sí preocupada—. Les advierto que si tratan de aprovecharse de mí, la ira de Dios les…

—Relájese, abuela —replicó Jack, estirando una sonrisa y devolviendo el cuchillo a su funda—, que no tengo la menor intención de tocarle un pelo. No estoy tan desesperado.

—Díganos cómo se llama y qué lugar es este —exigió Riley.

La monja le dirigió una mirada de extrañeza.

—Este es el convento de San Rafael, por supuesto.

—¿Y usted es…?

—Sor Caridad Divina —se presentó al fin—, la madre superiora de las Hermanas Dominicas de Belchite.

—De acuerdo, Sor. Él es el sargento Alcántara y yo el teniente Riley, de las Brigadas Internacionales.

Al escuchar aquello la monja se echó hacia atrás en la silla con cara de espanto, como si acabara de ver al mismísimo diablo.

—¡Rojos! —exclamó.

Riley se vio obligado a taparle la boca de nuevo.

—No alce la voz —le ordenó con firmeza—. No queremos hacerle ningún daño. Solo espero que conteste a unas preguntas. ¿Está claro?

La orgullosa mirada de la religiosa se había convertido en puro terror, y por un momento Alex pensó en las atrocidades que algunos habrían cometido con otras religiosas para que la reacción fuera tan desmedida. Claro que ir vestidos de negro, con la cara embetunada, y haber entrado por la ventana en mitad de la noche seguramente tampoco ayudaba.

—Cálmese —insistió, esgrimiendo una sonrisa que pretendía ser tranquilizadora y enfundando el arma—. Solo queremos saber si hay alguna manera de llegar desde aquí a la iglesia, sin tener que salir a la calle —retiró la mano y añadió en voz baja—: Por favor, no grite.

La monja pareció serenarse un poco, lo justo como para poder hablar de nuevo.

—¿La iglesia? ¿Quieren entrar en la iglesia? ¿Por qué? ¿Quieren robar las imágenes? ¿Es que no tienen respe…?

—Ya le hemos dicho que no somos ladrones —atajó Jack, al límite de su paciencia—. Venimos a liberar a unos campesinos que los nacionales han detenido y creemos que han encerrado en la iglesia.

Riley miró de reojo a su sargento; no tenía pensado poner a la monja al cabo de sus intenciones. No aún, al menos.

—¿Unos campesinos encerrados en la iglesia? preguntó con sincera sorpresa—¿Qué cosas se inventa? En mi iglesia no hay nadie encerrado.

—¿Y en la otra? —quiso saber Alex, señalando hacia la ventana—. Hemos visto que hay otra al otro lado de la plaza.

—¿La de San Martín de Tours? —preguntó extrañada—. ¿Y por qué iban a encerrar ahí a nadie? Para eso está la comandancia.

—Puede que sea porque se trataba de demasiada gente y no cabían en las celdas, quién sabe. La cuestión es que tenemos razones para pensar que los tienen presos en su interior.

—Pues si los han encerrado por algo será —alegó la monja, recobrando su altivez—. Seguro que también son rojos —añadió con desprecio—. Bien merecido les está.

—Será hija de…

—¡Sargento! —le retuvo Riley poniéndole la mano en el pecho, y volviéndose hacia la religiosa masculló entre dientes—: A veces olvido por qué lucho en esta guerra, Sor Caridad, pero gente como usted siempre me ayuda a recordarlo.

14

—No pienso decirles nada —repitió la madre superiora, cruzándose de brazos—. Pueden hacerme lo que quieran, pero no voy a ayudarles.

—Ya te gustaría a ti, so bruja —renegó Jack.

—Jack… no estás ayudando—le dijo Riley, y luego se dirigió a la religiosa—. Solo le pido que me indique cómo llegar a la iglesia sin que nos vean. Luego nos marcharemos por donde hemos venido.

El gallego carraspeó y miró hacia la ventana.

—Es un decir —apuntilló Riley—. Créame que no queremos lastimarla, Sor Caridad, solo encontrar a esas personas y salir del pueblo antes de que amanezca.

—Ni hablar —insistió la monja con arrogancia.

Riley intercambió una elocuente mirada con su sargento y éste asintió sutilmente.

—Está bien —dijo, y de un tirón arrancó el cordón de la cortina—. Jack, amordázala.

El gallego se sacó un sucio pañuelo del bolsillo y lo anudó sobre la boca de la religiosa.

—¿Qué es lo queggg…? —fue lo último que logró decir antes de verse silenciada.

A continuación, Riley le anudó las manos a la espalda de la silla en la que estaba sentada y corrió las pesadas cortinas de la ventana, mientras Jack hacía una pelota en el suelo con los papeles que encontró sobre la mesa, una hermosa Biblia tapizada en piel vuelta de cordero y un pesadísimo tratado sobre la vida de Santo Domingo de Guzmán.

La monja observaba las maniobras de los dos brigadistas con creciente alarma.

—¿Gueggg o gue egtan agciengo…? —barbulló bajo la mordaza.

Cuando en el centro de la estancia hubo amontonada una buena pila de papel y madera, Riley sacó el mechero y con un golpe seco lo encendió frente al rostro de la Dominica.

—No ha querido hacerlo por la buenas —dijo tranquilamente—, así que lo haremos por las malas. Prenderé fuego a todo el edificio con usted y sus hermanas dentro, y mientras los soldados vienen a apagar el fuego, mi amigo y yo aprovecharemos la confusión para rescatar a los prisioneros —esgrimió una sonrisa cínica y le preguntó—: ¿Qué le parece?

—¡Ggggg…!

—Ah, ya… la mordaza —y volviéndose hacia Jack, le dijo—: Lástima que no habló cuando tuvo oportunidad. ¿No te parece?

—Pues qué quieres que te diga… Casi que lo prefiero así. Una sanguijuela menos en el mundo.

—No le hables así, Jack —le reprendió teatralmente—. Seamos respetuosos, que la pobre está a punto de irse al otro barrio.

—¡GGG!

Riley tomó una hoja de papel, le prendió fuego con el encendedor y lo dejó caer sobre el montón.

—Nos vemos en el infierno, Sor Caridad Divina —dijo con voz gélida, y se encaminó hacia la puerta—. Y si ve a su jefe, dígale de mi parte que está haciendo un trabajo pésimo.

—¡GGGG! ¡GGGG!

El teniente de la Lincoln abrió la puerta y la cruzó tranquilamente, seguido de Jack, que la cerró tras de sí con un sordo clic.

En la sala los papeles amontonados ardieron enseguida, así como las tapas de piel de los libros, que comenzaron a expulsar un humo denso y negro previo a la combustión.

—¡GGGGG! ¡GGGGG! ¡GGGGG!

Entonces se abrió la puerta de nuevo y el rostro de Riley asomó para preguntar:

—¿Decía algo?

La religiosa comenzaba a sentir el calor de las incipientes llamas en la cara.

—¡GGGGGGGG!

—Yo no le entiendo una palabra —dijo Jack, también asomándose—. Igual es por la mordaza.

—¿Qué hacemos? ¿Se la quitamos?

—¡¡GGGGGGG!!

—Como tú digas, Alex. Tú eres el jefe.

El marino hizo el gesto como de pensárselo un par de segundos. Segundos que a la monja se le hicieron eternos.

—Está bien —resopló con aire cansado—. Vamos a ver qué tiene que decirnos nuestra amiga.

Llevó las manos a la nuca de la religiosa y le desanudó la mordaza.

—¡Sí! ¡Sí! —Tosió—. ¡Les ayudaré! ¡Les ayudaré! ¡Pero apaguen el fuego!

Riley se hizo a un lado, al mismo tiempo que Jack dejaba caer sobre las llamas una jarra llena de agua que había sobre un mueble auxiliar y luego la emprendía a pisotones con las brasas humeantes.

—De acuerdo —accedió mientras le desataba las manos—. ¿Cómo podemos entrar y salir de la iglesia sin que nos vean?

La mujer se frotó los ojos, irritados por el humo.

—No pueden —contestó.

—¿Ya estamos otra vez? —inquirió Jack, malhumorado.

—Es la verdad. La iglesia de San Martín de Tours solo tiene una entrada, la principal —volvió a toser y añadió—: Lo juro —y se persignó.

Los dos brigadistas se miraron. No parecía que la monja estuviera mintiendo.

—Maldita sea —murmuró Jack, apoyándose en los postigos cerrados de la ventana—. Estamos tan cerca…

—Tiene que haber una manera —dijo Alex—. Siempre la hay.

—Pues ya me dirás. Si solo hay una entrada y está vigilada por soldados, tendríamos que ser invisibles.

—Eso estaría bien —esquinó una mueca—. Ya me gustaría poder… poder…

—¿Poder? —quiso saber Jack al cabo de unos segundos, al ver que no terminaba la frase.

Pero Riley tampoco lo oyó. Tenía la mirada puesta en la madre superiora, que aún sentada en la silla se removió incómoda bajo los ojos castaños del teniente.

—¿Qué mira usted? —le preguntó finalmente la religiosa.

—¿Qué pasa, Alex?

El aludido aún tardó un minuto largo en regresar de sus divagaciones, y en lugar de contestar, le espetó a la religiosa:

—¿Cuántas hermanas hay en el convento?

Sor Caridad parpadeó confusa.

—¿Qué?

—¿Cuántas monjas hay aquí, en este convento?

—¿Por qué… por qué me lo pregunta?

—¿Cuántas?

—Diecinueve, sin contarme a mí.

Riley asintió con la mirada perdida y, esbozando una sonrisa, murmuró:

—Suficientes.

—¿Suficientes? —preguntó Jack—. ¿Para qué?

La sonrisa del marino se ensanchó, formando arrugas en la comisura de su boca.

—Para ser invisibles, amigo mío —contestó, dándole una palmada en el hombro—. Para ser invisibles.

—Tú estás mal de la cabeza.

Esa fue la contundente respuesta del gallego cuando Riley terminó de exponer su plan de rescate.

—Hay mil cosas que podrían… No. Que saldrían mal.

—Dime una.

—*Carallo*. Pues para empezar, das por hecho que los centinelas están ciegos o son idiotas.

—Es noche cerrada y no creo que sospechen de unas monjas.

Jack volvió a abrir la boca, pero se dio cuenta de que cualquier objeción que pusiera sería rebatida por Alex, por mucha razón que tuviera. Y al fin y al cabo, concluyó, tampoco se le ocurría un plan mejor que ese.

—Está bien… —bufó resignado—. ¿Qué hacemos?

—Lo primero, despertar a todas las hermanas, explicarles lo que vamos a hacer y lograr que se vistan lo más rápido posible. De eso se encargará usted, Sor Caridad.

La religiosa, ahora de pie frente a la mesa, se atusaba el vestido y sacudía los copos de ceniza que habían caído sobre el hábito blanco.

—No —dijo sin levantar la cabeza.

—¿Perdón?

—He dicho que no —repitió, alzando la mirada.

Riley dio un paso al frente y se plantó frente a la monja, sus ojos avellanados ardiendo de furia.

—No confunda usted mi cortesía con falta de determinación, Sor Caridad.

—Les ayudaré —acotó la madre superiora—. Si ustedes nos ayudan a nosotras.

—¿Qué? —preguntó Jack, creyendo no haber oído bien.

—Ustedes quieren sacar a esos amigos suyos de Belchite antes de que los rojos ataquen el pueblo. ¿No es así?

Riley no contestó a la pregunta retórica, intrigado por saber a dónde quería ir a parar la dominica.

—Pues bien —prosiguió, con las manos sobre el regazo y mirando alternativamente a los dos hombres—. Les ayudaré, pero a cambio quiero que también nos ayuden a nosotras.

—¿Ayudarlas? —inquirió Jack, escamado—. ¿A qué?

—A escapar de Belchite. A atravesar el cerco del ejército republicano y ponernos a salvo.

15

—No sabe lo que está diciendo—señaló Riley.

—He visto las tropas de su ejército rodeando el pueblo y sé que estamos completamente cercados —repuso la religiosa—. A menos que suceda un milagro… —añadió con un leve temblor en su voz— Belchite será destruido.

—No, si la guarnición se rinde antes.

—Usted sabe perfectamente que eso no va a pasar —adujo la dominica—. Por eso se están jugando la vida para rescatar a sus amigos rojos de la iglesia. ¿No es así?

—No son amigos nuestros —puntualizó Jack—, ni son rojos, que nosotros sepamos. En realidad, ni siquiera sabemos quiénes son.

La monja hizo una mueca de incomprensión.

—Entonces… ¿Por qué…?

El gallego se encogió de hombros.

—¿Importa?

La religiosa entrecerró los ojos, tratando de calibrar la sinceridad del gallego.

—¿Entiende lo peligroso que podría ser lo que nos pide, Sor Caridad? —preguntó Alex—. Si nos descubren, nos fusilarán a todos.

—A ustedes y a los otros, sin duda alguna —contestó—. Nosotras, en cambio, podemos alegar que nos obligaron a hacerlo. Al fin y al cabo —añadió, sujetando el pequeño crucifijo de madera que le colgaba del cuello, componiendo un gesto de inocencia casi cómico—, solo somos unas pobres hermanas desvalidas.

Riley meneó la cabeza.

—En fin… —dijo resignado, mirando al sargento—. Tanto da ocho que ochenta, ¿no? De todos modos, no tenemos alternativa.

—Pero ¿cómo leches vamos a hacerlo? —le espetó el gallego—. Entrar en la iglesia sin que nos vean, liberar a quince o veinte civiles y salir a hurtadillas del pueblo sin que nos descubran, ya es una tarea casi imposible. Intentarlo, cargando además con una reata de viejas vestidas de blanco —añadió, señalando a la madre superiora—, es garantía de que acabaremos frente a un pelotón de fusilamiento.

—Lo sé, Jack, lo sé… pero algo se nos ocurrirá. De momento, lo que tenemos que hacer es entrar en la iglesia, y para eso las necesitamos.

—¿Algo se nos ocurrirá? —repitió el sargento frunciendo el ceño—. ¿Hablas en serio?

—Deja de quejarte y pongámonos en marcha. Nos quedan… —consultó el reloj y levantó la vista con gesto preocupado— menos de cinco horas para hacerlo todo y regresar al campamento antes de que nadie descubra que nos hemos ido.

La dominica salió del despacho y uno a uno fue entrando en los seis dormitorios comunes compartidos, ordenando a las religiosas que se levantaran, se vistieran a toda prisa y se dirigieran a la capilla lo antes posible.

Seguidamente los tres se encaminaron a dicha capilla, a la que se accedía por un pasillo interior del convento y que resultó ser más grande de lo esperado, decorada con vidrieras en las ventanas y una serie de pinturas representando escenas de la pasión de Cristo repartidas por la nave.

Mientras tomaba asiento en la primera fila de cara al altar, esperando a que empezaran a llegar las monjas, Riley pensó fugazmente que, como muchas otras a lo largo y ancho del país, todas aquellas piezas artísticas únicas serían destruidas en cuestión de días, o incluso horas. La guerra no solo destruía personas vivas, también la memoria de las que estaban muertas.

A los pocos minutos aparecieron las primeras religiosas, un grupo de tres que cuchicheaban entre sí y que se quedaron clavadas en el sitio, con los ojos como platos cuando descubrieron junto a la madre superiora a dos hombres vestidos de negro y rostro embetunado, repantigándose en los bancos de madera y observándolas casi con idéntica sorpresa en el rostro.

—Son… Son… —tartamudeó Jack.

—Novicias —aclaró Sor Caridad—. Este es un seminario de novicias, y como ya se ha dado cuenta no se trata de «una reata de viejas vestidas de blanco».

Aunque iban todas ataviadas con los holgados hábitos de la orden y solo el rostro asomaba bajo la cofia y el velo —que en el caso de las novicias era también de color blanco—, el gallego se quedó anonadado ante el desfile continuo de jóvenes aspirantes a monja. Muchas de ellas hermosas y víctimas de un involuntario sonrojo al pasar frente a los dos hombres, lo que a ojos del orondo sargento las hizo parecer aún más atractivas.

—Me he muerto y estoy en el cielo… —musitó sin quitarles la vista de encima—. Ahora entiendo por qué hay tantos que se quieren meter a cura.

—No sea grosero —le reprendió ceñuda la religiosa.

—Discúlpelo —le defendió Riley—. El pobre lleva meses sin... bueno, ya sabe.

—Pues que se aguante un día más —replicó cortante—. Porque como le ponga un dedo encima a alguna de mis niñas… —se dirigió a Jack, haciendo el gesto de una tijera con los dedos—. ¿Me entiende usted?

—Claro, claro… —contestó el gallego, sin dejar de mirar a las jóvenes como un niño miraría un tarro de golosinas—. Nada de dedos.

La procesión de novicias terminó al cabo de unos pocos minutos rematada con la aparición de tres monjas —estas sí, monjas de verdad— que, según les indicó Sor Caridad a medida que las iba presentando, eran las encargadas de educar y guiar a las novicias durante su estancia en el seminario.

Cuando estuvieron seguros de que ya no faltaba nadie y todas ocupaban los bancos de la capilla, la madre superiora se encaramó al púlpito y tras presentar a Alex y a Jack, sin entrar en muchos detalles, les explicó rápidamente lo que iban a hacer esa noche, por qué, y las consecuencias que ello tendría para todas.

La primera reacción fue un desconcertado silencio, seguido de una creciente confusión que corrió como la pólvora entre cuchicheos y expresiones de incredulidad. Al cabo de poco, algunas comenzaron a mostrarse escandalizadas mientras la mayoría parecía creer que aún se hallaban en la cama, víctimas de un mal sueño.

—¡Un momento! —intervino Riley poniéndose en pie y levantando las manos para imponer orden—. Comprendo que tendrán muchas dudas, pero las preguntas nos las hacen a nosotros, no a la que tienen sentada a su lado.

Una monja casi tan vieja y malcarada como Sor Caridad se puso en pie con aire beligerante y se dirigió a la madre superiora.

—¿Está diciendo que nos hemos de marchar de aquí porque lo diga un maldito rojo?

—No, Sor Gracia —puntualizó tajante—. Porque lo digo yo.

—Pero ¿por qué? —señaló a los dos brigadistas—. ¿Por qué les hace caso? ¡Ellos son el enemigo! ¿Es que no lo ve?

—Sor Gracia, lo veo perfectamente. Si hago esto es por el bien de todas, incluido el suyo.

—Este ha sido mi hogar durante veinte años —insistió irritada—. El hogar de todas, madre superiora. No podemos irnos así por las buenas y perder todo lo que hemos construido.

Riley decidió tomar la palabra.

—Lo entiendo, hermana. Entiendo que esto debe de ser muy duro para usted… para todas. Pero mañana a primera hora llegarán los aviones republicanos y comenzarán a bombardear el pueblo, y entonces ya no podrán irse.

—¡Pero esto es un convento! —alegó—. ¿Por qué iban a bombardear un convento?

—Lo bombardearán todo —explicó apesadumbrado—. Casas, cuarteles, iglesias… No hay ningún lugar seguro en Belchite.

—Los muros son fuertes —dijo otra religiosa, que le habían presentado como Sor Lucía—. Además, podemos refugiarnos en el sótano y esperar que todo pase. Tenemos suficientes provisiones y agua.

Riley meneaba la cabeza.

—Eso no importa. Aunque el edificio soportara el bombardeo, cosa que dudo, detrás vendrán los tanques y veinticinco mil soldados republicanos al asalto, y entonces… —se rascó la nuca, incómodo— puede pasar cualquier cosa.

—¿A qué se refiere? —preguntó una novicia de las primeras filas, que apenas aparentaba dieciocho años.

El teniente se volvió hacia la madre superiora, pidiéndole con la mirada que le echara un cable, pero aquella parecía encantada de que Riley se viera obligado a explicarse.

—Verás, ellos… —vaciló, buscando las palabras adecuadas—. Algunos de ellos son mala gente a la que le han dado un fusil y, bueno… vosotras sois muy… muy...

—¿Muy?

—Muy jóvenes y hermosas. Y ellos… —Alex paseó la mirada por aquellos rostros inocentes y fue incapaz de decir lo que debía.

Impaciente, Sor Caridad dio un paso al frente y con voz clara y rotunda, sentenció:

—Esos soldados rojos que vendrán quizá nos maten a todas… o algo peor.

Las contundentes palabras de Sor Caridad disiparon las dudas de las novicias y las otras monjas, y al cabo de unos pocos lamentos se dirigieron a sus aposentos para recoger las pocas pertenencias que podían llevarse.

No pasaron ni diez minutos hasta que la última de ellas ya estaba frente a la puerta principal, preparada para atender las últimas instrucciones que la madre superiora impartía con la precisión de un general aleccionando a sus tropas.

Jack y Riley intercambiaron una mirada de respeto ante aquella marcialidad de la monja y las novicias, que ya hubieran querido para sus propios hombres de la Lincoln.

—Estad tranquilas —les decía, ofreciéndoles un gesto reconfortante a cada una de ellas—. Confiad en Dios y él os protegerá. No temáis.

Los dos brigadistas aprovecharon el momento para limpiarse la cara y las manos en la pila situada junto a la entrada.

Una voz indignada preguntó a sus espaldas:

—¿Es que ustedes no tienen respeto por nada?

Sor Gracia los miraba con los brazos en jarra y gesto de pocos amigos.

—Tenemos que quitarnos todo este betún —contestó Riley sin dejar de frotarse las manos—. ¿Por casualidad no tendrá por ahí un poco de jabón?

—¡Pero esa es la pila del agua bendita!

—¡No me diga! —exclamó Jack, sumergiendo la cabeza y volviendo a sacarla—. ¡Ahora entiendo por qué me estaba quemando! —sonrió descaradamente, con el agua chorreándole por la cara.

La hermana enrojeció de ira hasta parecer que iba a estallar.

—Son ustedes unos… unos…

—¿Tiene lo que le hemos pedido? —le cortó Riley en seco.

La monja abrió y cerró la boca varias veces como un pez fuera del agua, buscando las palabras para mostrar su irritación, pero al parecer esta era tan grande que no halló nada en su vocabulario monacal que no infringiera alguna regla de la orden, así que se limitó a señalar el montón de ropa que había dejado encima de uno de los bancos. A continuación, se dio la vuelta y se alejó para reunirse con el resto de dominicas.

—¿Crees que se habrá molestado? —bromeó Jack, terminando de quitarse los últimos rastros de betún de la cara.

—¿Quién sabe? —se encogió de hombros—. Estas monjas son tan gruñonas que cuesta saber cuándo están enfadadas de verdad.

Una vez terminaron de limpiarse, los dos amigos tomaron las ropas que les había traído Sor Gracia, se vistieron con ellas y se presentaron ante la madre superiora.

Un reguero de risitas nerviosas recorrió a las novicias, y hasta Sor Caridad se vio obligada a fruncir los labios para no imitarlas.

Frente a ellas y ataviados con el hábito de la orden —que a uno le quedaba demasiado corto y al otro demasiado estrecho—, Alex y Jack parecían dos mujeres barbudas y particularmente feas que se hubieran metido a monja tras haber sido expulsadas de algún circo de mala muerte.

—Sor Riley y Sor Alcántara se presentan para el servicio —dijo el sargento para colmo, saludando al estilo militar.

—Santa Madre de Dios… —fue lo primero que logró decir la madre superiora al tiempo que se hacía cruces—. Que el señor me perdone por esta ofensa.

—¿Me puede ayudar con la cofia? —dijo en cambio Riley despreocupadamente, acercándose a la religiosa—. Se me salen las orejas.

—Este hábito me hace gordo —comentó Jack, pasándose la mano por la cintura—. ¿No lo tienen en negro?

Sor Lucía se llevó las manos a la cabeza mientras negaba una y otra vez.

—Pero cómo va a ser… —balbuceó, señalándolos—. ¡Se ve a kilómetros que son hombres! ¡Pero si hasta tienen barba!

—Es verdad —coincidió Sor Gracia—. Además, a usted se le ven las botas debajo del hábito —dijo mirando a Alex—, y usted…

—añadió, dirigiéndose a Jack—. Bueno, usted parece que se haya comido toda la despensa.

—No tenemos tiempo para ir al barbero —alegó Riley—, y estos son los hábitos más grandes que nos han dado. Tendremos que confiar en que la oscuridad nos proteja y que los centinelas se fijen más en las novicias que en nosotros dos.

—Se darán cuenta —insistió la dominica, negando con la cabeza—. Llaman demasiado la atención. Nos descubrirán y acabaremos todos en el paredón.

El marino se encogió de hombros con estoicismo.

—En ese caso —dijo llevando la mano al crucifijo de madera que ahora colgaba de su cuello—, espero que su jefe nos eche una mano.

16

Agachados como ancianas renqueantes, ocultos en el centro de la compacta formación de religiosas que recordaba a una falange, Riley y Jack caminaban con la cabeza gacha, ocultos bajo el hábito y el velo, a la espera de que la oscuridad y la ausencia de alumbrado en la calle impidiera que nadie se percatara de su presencia.

A paso lento salvaron las pocas decenas de metros que los separaban de la plaza de la iglesia, donde los soldados montaban guardia frente al templo de San Martín de Tours.

La media docena de legionarios se puso en guardia en cuanto la procesión de monjas se adentró en la plaza. Riley miró disimuladamente para ver lo que sucedía y pudo distinguir la expresión de desconcierto en los rostros de los soldados. Ninguno habría esperado algo así a tales horas de la madrugada.

—¡Alto ahí! —ordenó el sargento del pelotón, alzando la mano y acercándose a la cabeza de la procesión a grandes zancadas—. ¿Quién va?

—¿A usted que le parece, muchacho? —preguntó la madre superiora al legionario, que no aparentaba más de veinte o veintiún años.

La respuesta sorprendió al suboficial, al parecer poco acostumbrado a que una religiosa le hablara de ese modo.

—¿A dónde van? —exigió, tratando vanamente de imprimir autoridad a su tono de voz.

Sor Caridad señaló al templo que se alzaba frente a ellos.

—A la iglesia —respondió en el mismo tono—. ¿A dónde va a ser si no?

—No puede —repuso el sargento, irritado por la condescendencia de la dominica—. ¿Acaso no sabe que hay toque de queda? Hasta las seis de la mañana, nadie puede salir a la calle.

—Pero resulta que nosotras —dijo volviéndose para señalar al resto—, no somos nadie. Y tenemos que ir a la parroquia a rezar los maitines.

—¿A estas horas?

—Los maitines se rezan muy de mañana, muchacho — explicó la monja—. De ahí su nombre.

—Nunca antes lo han hecho.

—Ah. Pero es que hoy es un día muy especial —dijo, aproximándose al joven con aire confidencial—. Hoy celebramos el día de San Bononio de Lucedio.

Como era de esperar, el sargento no pareció muy impresionado.

—Por mí como si es el día de San Vito —replicó—. No pueden estar en la calle durante el toque de queda.

—Por supuesto —asintió Sor Caridad—. En cuanto deje de hacerme preguntas, podremos entrar en la iglesia y así ya no estaremos en la calle.

—No pueden entrar en la iglesia. Vuelvan a su convento y recen allí.

La madre superiora movió la cabeza lentamente de lado a lado.

—Veo que no lo comprende —dijo—. La figura de San Bononio está en esta iglesia, no en el convento. Por eso tenemos que rezar ahí.

—Pues eso no va a poder ser, hermana. Tengo órdenes de que nadie entre.

—Le repito que nosotras no somos nadie —insistió, y se puso en marcha en dirección a la puerta del templo, haciendo el amago de sortear al sargento.

Este reaccionó agarrándole el brazo.

—Le he dicho que no se puede.

—Y yo que hemos de entrar. Además, ayer el comandante Trallero nos dio permiso para celebrar esta misa.

Esta vez sí, mencionar al alcalde y comandante de la plaza tuvo un efecto instantáneo.

—¿El… comandante?

—Así es —la monja señaló calle abajo—. Si quiere, puede ir a despertarle y preguntárselo en persona.

El legionario vaciló por primera vez.

—Va, venga —le instó Sor Caridad—. Vaya a preguntarle, que no tenemos toda la noche. Seguro que no le importa que le despierten a las tres de la mañana, para saber si unas monjas pueden ir a rezar a la iglesia.

El sargento, a todas luces molesto con la prepotente actitud de la religiosa, resopló con desagrado.

—Está bien —admitió al fin, haciéndose a un lado—. Vayan.

Sin perder un segundo, la madre superiora hizo una seña al resto de hermanas y novicias y se pusieron en marcha en dirección a la iglesia.

Cuando Riley y Jack pasaron a la altura del sargento, este seguía con la vista puesta en la irritante monja y no llegó a fijarse en las dos supuestas dominicas, una excesivamente alta y la otra excesivamente ancha que, aunque escondidas entre las novicias, a la luz del día de ningún modo habrían pasado desapercibidas.

Los dos brigadistas caminaban uno al lado del otro, y al superar al legionario intercambiaron una silenciosa mirada de alivio. Parecía que habían logrado engañar al soldado y ya solo les quedaban unos pocos para llegar a las escalinatas del templo.

Pero entonces, la voz del soldado exclamó a sus espaldas:

—¡Alto! ¡Deténganse!

La orden del joven sargento pareció ir dirigida al corazón de Riley, pues este dejó de latir durante un momento.

Sin atreverse a levantar la cabeza ni darse la vuelta, pero con la certeza de que habían sido descubiertos, introdujo la mano por un pliegue del hábito y aferró la empuñadura de la pistola que llevaba metida en el pantalón.

—Prepárate —le susurró a Jack—. Tú te encargas del sargento y yo iré a por los otros. Si los tomamos por sorpresa…

—Shh… Espera —le chistó el gallego.

Alex se calló, a tiempo para escuchar cómo el legionario le decía a Sor Caridad:

—No puedo permitir que entren solas en la iglesia.

Silbó con dos dedos, e hizo una señal a dos de los centinelas para que se acercasen corriendo.

—Pero… —comenzó a protestar la religiosa.

El sargento alzó la mano, haciéndola callar.

—Dos de mis hombres las acompañarán durante la misa —sonrió con malicia—. El comandante puede haberle dado permiso para ir a rezar a deshoras, pero nadie ha dicho que tengan que hacerlo solas.

Los dos soldados abrieron la puerta del templo, que se hallaba cerrada por fuera, y se quedaron a ambos lados de la entrada mientras las religiosas accedían al interior.

Una vez estuvieron todas dentro, los dos legionarios entraron tras ellas y cerraron de nuevo la puerta con una pesada llave de hierro de más de un palmo de longitud.

El interior de la iglesia se hallaba completamente a oscuras, hasta que la madre superiora encendió unos pocos cirios y una tímida luz amarillenta comenzó a extenderse por la nave, revelando las rotundas formas de las columnas, el altar de mármol blanco, un gran Cristo crucificado suspendido sobre el mismo y los ordenados bancos de madera que ocupaban casi todo el espacio, divididos por un pasillo central. A pesar de la escasa luz, Riley distinguió una serie de bultos oscuros tumbados en el pasillo, que de inmediato empezaron a alzarse y murmurar entre ellos en voz baja.

—Aquí están —susurró Jack a su oído.

Riley asintió en respuesta, y con precaución para evitar ser visto, se volvió lo suficiente como para confirmar que los dos legionarios se habían quedado a su espalda, de pie junto a la puerta, a unos diez metros de distancia.

—Tenemos que encargarnos de esos dos —siseó el gallego, haciendo un gesto con la cabeza.

—Ahora no podemos —contestó Alex—. Si nos acercamos nos verán la cara.

Joaquín Alcántara pareció meditar el problema unos segundos y luego dijo:

—Pues entonces que vengan ellos. Tú sígueme la corriente.

Y ni corto ni perezoso, tras una pésima imitación de un desmayo femenino, se lanzó al suelo y se quedó boca abajo como si se hubiera golpeado la cabeza.

Riley abrió los ojos desmesuradamente y por un momento trató de sujetar a su amigo, sin saber muy bien lo que pretendía hasta que lo vio quedarse muy quieto mientras las novicias formaban un corrillo a su alrededor.

—Llama a los soldados —le dijo entonces Riley a la que tenía más cerca—. Diles que vengan a ayudar.

La joven miró con desconcierto al teniente de la Lincoln sin acabar de comprender muy bien a lo que se refería, de modo que Alex tuvo que repetírselo, intercalando esta vez un guiño que sonrojó a la novicia.

—¡Ayuda! —exclamó entonces, alzando la mano—. Señores, ayúdennos a levantar a la hermana, por favor, que le ha dado un soponcio.

Los dos soldados se miraron entre ellos, desconcertados por la escena y la extraña petición de ayuda, pero al fin y al cabo ellos también eran muy jóvenes, y una muchacha pidiendo ayuda es siempre una muchacha pidiendo ayuda, aunque vista hábito.

No tardaron ni dos segundos en decidirse: se colocaron el fusil a la espalda y se abrieron paso entre el corro de novicias.

—Diantre, qué foca —manifestó uno de ellos, asombrado.

—Haría falta un camión para moverla —coincidió el otro.

Entonces, el primero se agachó y con no poco esfuerzo le tiró del brazo para darle la vuelta.

—¿Se encuentra bien, hermana? —preguntó mientras lo hacía.

Su confusión fue mayúscula cuando al ponerla boca arriba se vio cara a cara con el rollizo y barbudo rostro de Jack, esgrimiendo un gesto ceñudo.

—¿A quién has llamado foca?

El legionario dio un salto como si hubiera encontrado una serpiente bajo una piedra, y en cuanto hizo el gesto de llevarse la mano al fusil Jack desenfundó su pistola Tokarev y la apoyó contra su pecho a la velocidad del rayo.

El segundo soldado tardó un instante de más en reaccionar, y no lo hizo hasta que vio el arma en manos de la falsa monja. También se llevó la mano al fusil de forma instintiva, dando un paso atrás, pero en su caso fue el tacto del frío acero en su nuca lo que le hizo desistir del movimiento. Eso, y la voz de Riley a su espalda.

—Como dicen mis paisanos —advirtió accionando el percutor del Colt—: Yo que tú no lo haría, forastero.

17

—Muy bien. ¿Y ahora qué?

Esa era la pregunta que rondaba por la cabeza de todos, y el que fuera Sor Caridad quien la formulara fue solo circunstancial.

Mientras las monjas y las novicias se encargaban de atender a los civiles, comprobando que todos se encontraban bien y tranquilizándoles, a un lado de la nave se reunían Riley, Jack, la madre superiora y Eustaquio, que había asumido el liderazgo del grupo de sus familiares. A este último le habían explicado nada más verlo que habían mandado a su hijo Javier al campamento de la Lincoln, con un mensaje personal para el Capitán Shaw explicándole lo que había sucedido y pidiéndole que se encargara del muchacho mientras regresaban.

—¿Y estará bien? —les había preguntado Eustaquio, retorciendo la boina entre las manos con inquietud.

—Mejor que nosotros —le aseguró Jack, palmeándole el hombro—. El capitán Shaw es un gran tipo. Su hijo estará perfectamente.

El campesino aún no podía creer que los dos brigadistas se hubieran arriesgado a rescatar a él y a su familia por el mero hecho de haberle dado su palabra la noche anterior. Les había dado las gracias tantas veces y de tan diversas formas que Riley tuvo que amenazarle para que no volviera a hacerlo.

En el interior de la iglesia, además de los nueve adultos, había seis niños que iban desde los cuatro a los doce años de edad y que en su mayoría seguían durmiendo como benditos, y aunque por fortuna no había ningún bebé que pudiera romper a llorar en el momento más inoportuno, representaban una complicación que hubieran preferido no tener.

—Ahora saldremos de aquí —contestó Alex a la pregunta de la religiosa.

—Ya, pero cómo.

—Pues por la puerta, naturalmente.

Sor Caridad se cruzó de brazos.

—¿Se está haciendo usted el gracioso conmigo?

—En absoluto. Pero es que no hay otra cosa que podamos hacer. No podemos quedarnos aquí, y ya hemos comprobado que no hay ninguna otra salida y las ventanas tienen barrotes, así que solo podemos marcharnos y hacerlo usando la puerta principal.

—Pero cómo —insistió Eustaquio.

—Aún estamos trabajando en ello —repuso apuntando a Jack con el pulgar—. Pero no se preocupe, que hallaremos el modo.

El gallego se volvió hacia él alzando una ceja.

—¿Ah, sí?

—Claro —dijo recostándose en una columna—. En realidad, lo que tenemos que hacer es estudiar el problema por partes. Primero decidir lo que queremos hacer, luego identificar los elementos con los que contamos, y finalmente elegir cómo usar estos elementos para superar los obstáculos.

—Yo ya me he perdido.

—Y yo —convino Eustaquio.

—Vamos a ver… —dijo en cambio Sor Caridad, frunciendo el entrecejo con interés—. Se refiere usted a que primero hemos de decidir lo que queremos. Pero eso es fácil —apuntó—. Salir de la iglesia, luego de Belchite, luego cruzar las líneas de los rojos, y finalmente llegar a Zaragoza. ¿Me dejo algo?

—Y hacerlo sin que nos vean —le recordó Jack—. Pero sí. Diría que eso es todo.

—Muy bien —afirmó Riley—. Ahora hemos de contar lo que podemos usar para lograrlo.

—Tenemos nuestras pistolas y los máuser de esos dos —dijo Jack, señalando con la cabeza a los soldados que permanecían atados y amordazados a una de las columnas.

Riley levantó el pulgar de la mano derecha.

—¿Qué más?

—Y ropa de legionario —añadió Eustaquio.

Riley levantó un segundo dedo.

—Diecinueve hábitos de monja —sugirió el gallego, ganándose una mirada de censura por parte de la madre superiora.

—En sacristía pué que también haya uno o dos hábitos de párroco, ¿no? —indicó Eustaquio.

—Pues con todo eso podríamos montar una procesión. Eso seguro que les desconcierta —insinuó Jack, medio en broma medio en serio.

—No sé si sería muy discreto —opinó Riley.

—¿Y el camión? —intervino la religiosa—. He visto uno aparcado al otro lado de la plaza. Con él llegaríamos a Zaragoza en un santiamén.

—Eso es cierto —admitió Jack de mala gana—. Pero el problema sería cómo hacer para que casi cuarenta personas suban a él sin que los centinelas den la alarma, lograr salir del pueblo sin que nos ametrallen, y luego atravesar las líneas republicanas sin que nos vuelvan a ametrallar creyendo que somos el enemigo.

—Bueno… —masculló Alex pensativo, rascándose la barba—. Para lo segundo y lo tercero no tengo respuesta, pero para la primera parte, creo que sé cómo podríamos hacerlo.

—¿En serio?

—Totalmente. Al fin y al cabo, solo hay un sargento y cuatro soldados que se interponen entre nosotros y los camiones.

—¿Está proponiendo que salgamos de aquí pegando tiros? —inquirió Sor Caridad, escandalizada.

—No exactamente.

—Entonces, ¿cómo? —quiso saber Eustaquio.

Riley miró a Sor Caridad de reojo y ensayó una sonrisa.

18

Menos de una hora después de que las puertas de la iglesia se cerrasen, volvieron a abrirse y por ellas salieron ordenadamente en fila de a dos la veintena de religiosas, caminando con pasos cortos y silenciosos y la cabeza gacha.

Sin embargo, en lugar de dirigirse hacia el convento del que habían partido, desfilaron con las hermanas Caridad, Gracia y Lucía a la cabeza, directamente hasta donde los cuatro legionarios y el sargento montaban guardia en el centro de la plaza.

—¿Ya han terminado de rezar, hermana? —preguntó el suboficial, acercándose a la madre superiora.

—Así es. Aunque hoy es un día muy especial para nosotras y nos gustaría compartirlo con ustedes —aseveró desviando la mirada hacia los soldados que, intrigados, se habían acercado a escuchar la conversación.

El sargento la miró con extrañeza.

—¿Compartirlo? ¿Compartir el qué?

—Los cánticos a San Bononio, por supuesto —repuso como si se tratase de una obviedad—. Las hermanas novicias han insistido mucho en que les gustaría cantarles una canción a estos guapos soldados.

—¿Eso han dicho?

El sargento desvió la mirada de los ojos de la madre superiora y, quizá por el contraste con la poco agraciada religiosa, le pareció que tras ella se desplegaba un coro de virginales querubines enmarcados en velos blancos.

—No es posible… —vaciló, mirando ora a la monja, ora a las púberes novicias que le miraban a él—. El toque de queda…

—Déjelas, mi sargento —pidió a su espalda uno de los soldados, mientras se componía el chapiri con garbo sobre la cabeza—. Deje que canten las niñas.

—Ezo —dijo otro—. Déhelah que canten, zarhento, no zea zaborío.

—¡Silencio! —ordenó, volviéndose.

—Por favor… —rogó entones una de las novicias con voz melosa, como si aquello fuera realmente importante para ella—. Solo una canción.

—Mi zarhento, por zuh muertoh —insistió el soldado, llevándose la mano al corazón—. Déhelah que noh canten una cancioncilla…

El aludido chasqueó la lengua con fastidio.

—Está bien —claudicó al cabo, pero alzando el índice recalcó—: Solo una, y luego se vuelven a su convento y nos dejan en paz de una vez por todas. ¿De acuerdo?

Sor Caridad sonrió exageradamente, como si aquella fuera una noticia maravillosa. Seguidamente se dio la vuelta y terminó de distribuir a las novicias para formar un amplio semicírculo alrededor de los legionarios que, frente a ellas y atusándose las ropas, no daban abasto entre tanta belleza a la que admirar.

Así, cuando ya todas estuvieron situadas como pretendía la madre superiora, a una orden de esta comenzaron a entonar las primeras estrofas de un himno al compás de una batuta imaginaria:

El verdadero amor es Cristo el Señor
Caridad y humildad una dulce lección
Ante la mirada de Dios
El bien al pobre dio

Seguimiento a Jesús Obras de caridad
Entregada a los pobres con total caminar

Una vida una historia
Al servicio del amor

Haciendo camino en la Fe
Desde la confianza en Dios
Trinidad que habitaba en su corazón
Una vida vivida por el amor a Dios

Una huella perdurable
Moldeada por amor
En la respuesta al llamado
Su obra de amor se extendió

Cuando las novicias terminaron de entonar la última estrofa del himno, ninguno de los soldados tuvo oportunidad de aplaudir.

Aprovechando la distracción y que el coro se había situado de tal modo que ocultaba a la vista la entrada del templo, Riley y Jack sorprendieron por la espalda a los centinelas, que confiadamente habían dejado a un lado sus fusiles mientras disfrutaban del espectáculo.

No tuvieron ninguna oportunidad de resistirse, y aun mientras eran fuertemente atados y amordazados por Eustaquio y su sobrino —un tal Adalberto que aparentaba menos de dieciocho años—, seguían sin acabar de comprender lo que estaba pasando y qué relación podían tener las angelicales novicias con aquellos dos tipos vestidos de negro que parecían estar al mando del asunto.

—Vaya y traiga a todo el mundo —le dijo Riley a Eustaquio—. Y que lo hagan en silencio. Nada de voces.

—¿Y con aquellos dos? —preguntó, refiriéndose a los soldados que permanecían atados en el interior de la iglesia—. ¿Qué hacemos?

—Nada. Solo asegúrese de que siguen bien amordazados.

El campesino asintió y le dio un toque a Adalberto, que se entretenía desvalijando los bolsillos de los soldados y ya se había hecho con un paquete de tabaco, cerillas, una caja de pastillas Juanola y una navaja de cachas nacaradas.

—Deja eso y ven —le apremió—. Ya tendrás tiempo de robar cuando seas mayor.

—Deberíamos matarlos —opinó el muchacho, admirando la hoja de la navaja que le había quitado a uno de los legionarios—. Nadie se iba a enterar.

—Aquí no vamos a matar a nadie —replicó Alex con dureza—. Y menos a alguien indefenso.

—¿Indefenso? —preguntó con incredulidad—. Nos fusilarían a todos sin pestañear si se lo ordenasen.

—Lo sé. Pero aun así, no vamos a ejecutarlos a sangre fría.

—Ellos lo habrían hecho —insistió el joven, acercando el cuchillo al cuello del sargento con un brillo homicida en los ojos.

—He dicho que no y punto —repitió, y bruscamente le arrancó la navaja a Adalberto de las manos—. Ahora ve y ayuda a tu tío a traer a todo el mundo.

A regañadientes, el joven acabó de guardarse la navaja en el bolsillo y corrió en pos de su tío, que ya se alejaba camino de la iglesia.

Al volverse, descubrió que Sor Caridad le miraba como si acabara de verlo por primera vez.

—¿Qué? —le preguntó Alex.

La monja no respondió, pero en cambio, inquirió:

—¿Y nosotras? ¿Qué hacemos ahora?

Riley señaló el otro lado de la plaza.

—Suban al camión. Jack les acompañará.

La dominica dirigió una mirada evaluadora al Hispano-Suiza T69, cuya parte de atrás permanecía cubierta por una lona.

—Vamos a ir muy apretados —calibró, midiendo el tamaño del vehículo—. Somos casi cuarenta.

—Cabremos todos, no se preocupe —aseguró Alex—. Ahora vaya con Jack. No tenemos tiempo que perder.

—Síganme —dijo entonces el gallego, instando a las religiosas a que le acompañaran.

Riley se quedó mirando por un momento cómo Jack se llevaba tras de sí a las monjas como un orondo flautista de Hamelin, y cuando se hubieron alejado, se agachó frente al sargento que le miraba desde el suelo con un odio indescriptible.

—Ven conmigo —agarrándole del brazo lo puso en pie a la fuerza y se alejó unos metros llevándolo casi en volandas.

Le empujó sin miramientos obligándole a sentarse en el adoquinado, y luego sacó del bolsillo el tosco mapa de Belchite que le había dibujado el hijo de Eustaquio hacía unas horas.

—Te voy a hacer unas preguntas sobre la situación de vuestras tropas en el pueblo —dijo, quitándole la mordaza— y quiero que me contestes rápido y sin titubeos. Si no lo haces —agregó, sacando un cuchillo de caza de su funda del cinturón—, te voy a hacer daño. ¿Está claro?

—No voy a decirte nada, rojo de mierda —ladró el legionario.

Riley colocó el cuchillo en la entrepierna del soldado.

—¿No me crees? —le preguntó, presionando con la punta de acero contra sus testículos—. Lo que le he dicho al muchacho es solo cierto en parte, no te confundas —aclaró—. Para empezar no voy a matarte, pero si aprieto un poco más puedo cortarte los huevos. ¿Qué te parece? Un soldado capado. Acabarías de puta del resto de la tropa.

El sargento se debatió inútilmente, tratando de librarse de sus ataduras y alejar el cuchillo de sus partes.

—Eres un hijo de puta —masculló entre dientes.

—Eso ya lo sé —admitió Riley—. Pero de momento soy yo el que tiene el cuchillo en la mano y los huevos en su sitio, cosa que tú no vas a poder decir dentro de un momento.

El legionario miró fugazmente en dirección a los otros soldados que, inmovilizados en el interior del parapeto de sacos terreros, quedaban fuera de la vista.

—Si tú no hablas lo harán ellos —apuntó Alex—, y habrás perdido tu hombría para nada.

—No voy a decirte una mierda —repitió el sargento—. Rojo mari…

Antes de que terminara la palabra, Riley sacó la pistola y, agarrándola por el cañón, le asestó un violento golpe en el occipital con la culata que le dejó inconsciente al instante. Seguidamente, le hizo un corte en la palma de la mano por el que comenzó a manar la sangre, y pasó por ella el cuchillo hasta que quedó bien impregnado.

—Tenía que ser por las malas, ¿no? —le recriminó en voz baja meneando la cabeza, mientras llevaba a cabo la operación.

Una vez hecho volvió a amordazar al legionario, se puso en pie y se encaminó hacia donde estaban los otros cuatro soldados que, aunque no habían visto lo sucedido, sí habían escuchado perfectamente todo lo dicho entre uno y otro.

Se plantó frente al primero de ellos.

—Te voy a hacer unas preguntas sobre la situación de vuestras tropas en el pueblo —dijo, empleando las mismas palabras que con el sargento, con el plano en una mano y el cuchillo en la otra, dejando intencionadamente que la sangre resbalara por la hoja y goteara hasta el suelo—. Y quiero que me contestes rápido y sin…

No necesitó terminar la frase para que el soldado se lanzase a hacer indicaciones sobre el mapa.

Eustaquio y su extensa familia salieron de la iglesia, cruzaron la plaza a toda prisa y se subieron al compartimento de carga del camión, donde compartieron el espacio con las religiosas. Al mismo tiempo, Riley conducía a los cuatro soldados al interior de la iglesia, a los que además había obligado a acarrear con el cuerpo inconsciente de su sargento.

—¿Ya están todos? —le preguntó a Jack cuando regresaba, llevando en la mano un par de camisas de legionario.

—Creo que sí, pero… ¿qué has hecho con los guardias? —preguntó mirando su mano derecha ensangrentada.

—Los he encerrado en la sacristía. Ten —dijo, alargándole una de las camisas caqui—. Ponte esto. No es de tu talla, pero a oscuras daremos el pego.

Jack la tomó, pero seguía mirando su mano.

—¿Y esa sangre? ¿Les has…?

—Luego te cuento —zanjó, abriendo la portezuela con un chirrido y aupándose hasta sentarse tras el volante—. Ahora sube y larguémonos volando, antes de que aparezca una patrulla y nos amargue la fiesta.

—De acuerdo, pero ¿cuál es el plan? —quiso saber el gallego, subiendo tras él.

—No hay plan.

—¿No hay plan? —inquirió confuso.

—No exactamente —matizó Alex—. El único plan es marcharnos de aquí.

—Entonces… —y señaló la calle que salía de la plaza en dirección norte.

Riley asintió.

—Vayamos despacio mientras podamos, así creerán que somos de los suyos.

—¿Y si nos descubren?

—En ese caso, gas a fondo y rezar para que no bloqueen la calle.

—Gas a fondo y rezar… —repitió el gallego con una mueca—. ¿Cómo es posible que tú seas teniente y yo sargento?

—Porque soy más alto.

19

Riley había pedido a Eustaquio que les acompañara en la cabina. Sentado entre él y Jack le indicaba el camino más corto para salir del pueblo, mientras el motor terminaba de calentarse.

—To tieso por ahí —señaló al frente—, hasta la plaza de San Salvador. Y de ahí, cruzamos el arco de San Roque y enseguía salimos a la carretera de Codo.

Alex asintió, engranó la primera marcha y pisó el acelerador con suavidad hasta que los ciento cincuenta caballos del Hispano-Suiza impulsaron a las ruedas sobre el adoquinado, avanzando lentamente en la dirección que le indicaba.

En cuanto puso el motor en marcha, ya no hubo vuelta atrás. Sin duda, alguien escucharía aquel ronroneo pedregoso y se preguntaría a dónde iba un camión a esas horas de la madrugada. Si no estaban fuera del pueblo en un par de minutos, ya no saldrían jamás.

Traqueteando sobre los adoquines embocó la calle de Santa Ana, tan angosta que la caja del camión pasaba a pocos centímetros de los balcones más bajos.

—Esto es muy estrecho —dijo Jack, asomándose por la ventanilla.

—Pue luego se estrecha aún más —anunció Eustaquio—. En el Arco de San Roque.

Alex se volvió hacia él.

—¿Y por qué no me lo ha dicho antes? —le recriminó—. Podríamos haber tomado otro camino.

El campesino negó con la cabeza.

—Toas son igual de estrechas, maestro. Menos la Calle Mayor, pero allí hay barricadas.

—Estupendo… —dijo, asomándose a la ventanilla al oír cómo la parte superior de la lona que cubría la caja donde iban los fugitivos rozaba con una farola engastada en la pared.

A poco más del paso de un hombre, el camión logró sortear la estrecha calle y finalmente desembocar en la plaza de San Salvador. Y allí, de nuevo, en el mismo lugar donde los habían visto esa misma noche, estaban los dos centinelas moros con sus inconfundibles gorros rojos, que en esta ocasión se volvieron en dirección a la bocacalle por donde aparecía el camión traqueteando sobre el irregular pavimento.

—Moros… —alertó Jack, sin poder ocultar el desprecio en la voz.

—Ya los veo —contestó sin reducir la marcha—. No hagáis ni digáis nada —les advirtió—. Ni los miréis.

El gallego asintió apretando la mandíbula y el campesino se hundió en el asiento.

Los dos centinelas se irguieron cuando vieron que aquel camión que se aproximaba no tenía la menor intención de detenerse. Uno de ellos, con galones de cabo, dio un paso al frente aunque sin llegar a ponerse en la trayectoria del vehículo, y mirando hacia la cabina del camión alzó la mano derecha dando el alto.

—Dios mío… —masculló Eustaquio.

Riley ignoró la orden del soldado.

Sin levantar el pie del acelerador continuó en línea recta y al llegar a la altura de los dos guardias moros simplemente sacó la mano por la ventanilla y les saludó con una amplia sonrisa, como si fueran viejos camaradas de armas.

—¡Altu ahí! —exclamó el cabo, al comprobar que no se detenía—. ¡Santu y siña!

De nuevo Riley sacó la mano por la ventanilla, pero esta vez para mostrarles el reloj de pulsera y darle un par de golpecitos con el dedo. Llego tarde, decía el gesto.

Por supuesto carecía del santo y seña que le pedían, y además tampoco se atrevió a hablar por si aquellos dos eran capaces de detectar su acento americano, así que solo hizo la mímica y siguió adelante.

—¡Altu! —exclamó de nuevo el cabo, cuando el camión de Riley pasaba por su lado—. ¡Altu u disparu!

Alex vio por el retrovisor cómo los dos soldados se llevaban los fusiles al hombro y apuntaban en su dirección.

—Mierda —masculló entre dientes, y dio un fuerte frenazo que provocó un pequeño tumulto en la caja del camión y que no pasó desapercibido a los dos guardias.

—¡Baja dil camiún! —le ordenó el cabo, un moro flaco y enjuto, con barba de varios días y ojillos desconfiados—. ¡Manus arriba!

Los dos centinelas se situaron frente a la portezuela mientras le apuntaban con sus máuseres.

—Venga, hombre… —contestó en cambio Riley, acodándose en la ventanilla como si argumentara con un guardia de tráfico—. ¿No ves que tengo prisa? El general me ha mandado trasladar a los prisioneros y…

—¡Santo y siña! —le interrumpió.

—Se me ha olvidado —confesó, componiendo su mejor sonrisa de inocencia.

—¡Baji dil camión! —repitió, alzando aún más la voz—. ¡Ahura!

—Tranquilo, amigo —dijo, haciendo el gesto para que se apaciguase—. Ya voy…

Y en ese preciso instante, un sollozo infantil en la parte de atrás llamó la atención de los dos soldados, que se volvieron de inmediato.

Riley no necesitó más. Ese breve instante de confusión le fue suficiente para desenfundar la pistola y, desde la ventanilla, apuntar a los dos soldados.

—¡Tirad las armas! —les gritó.

Pero lejos de hacerlo, volvieron sus fusiles hacia él y abrieron fuego exclamando maldiciones en árabe.

Los cristales del parabrisas estallaron en mil pedazos.

Riley tuvo los reflejos suficientes como para agacharse tras la portezuela, pero aun así una de las balas atravesó la chapa y le hirió en el muslo derecho, arrancándole un buen trozo de tela y carne.

Entonces dos detonaciones de pistola sonaron a unos pocos metros de distancia, y Riley supo que Jack estaba respondiendo a los disparos.

Sin pensarlo, abrió la portezuela de golpe y antes de apuntar ya estaba apretando el gatillo de la Colt en dirección a los soldados.

Intuyendo más que viendo las dos siluetas blancas de los dos moros entre la humareda de pólvora, vació el cargador de la pistola disparando sobre ellos hasta que el percutor tocó en vacío.

El tiroteo había durado apenas diez segundos, pero el estruendo de las armas en aquel reducido espacio le retumbaba en los oídos.

Pero lo realmente grave, pensó mientras la humareda se dispersaba y miraba sin rastro de remordimiento los dos cadáveres desmadejados de los soldados sobre los adoquines, era que aquel tiroteo habría despertado hasta al último hombre, mujer y niño de Belchite.

Sus ya escasas probabilidades de salir de aquel pueblo con vida acababan de verse reducidas dramáticamente.

—¿Estás bien? —gritó Jack, acercándose a él. Su voz parecía provenir de kilómetros de distancia.

Riley levantó la mirada y vio a su amigo al pie de la cabina, con la Tokarev aún humeante en la mano.

—Más o menos —contestó, palpándose el muslo—. Me han dado en la pierna, pero no parece grave.

—¿Puedes conducir?

—Creo que sí —dijo, sacándose el pañuelo del bolsillo y anudándolo alrededor de la herida.

—Pues entonces vámonos de aquí echando leches —le apremió con urgencia, volviendo a subirse al vehículo—. Esto se va a poner muy feo en muy poco tiempo.

Riley no se molestó ni en contestar. Cerró la portezuela de un golpe, engranó la primera marcha y pisó el acelerador.

A su lado Eustaquio parecía en estado de shock, hundido en el asiento, pero no tenía tiempo de preocuparse por él.

—¡Quite los cristales! —le ordenó sin embargo Riley, mientras el camión comenzaba a moverse perezosamente hacia la salida de la plaza.

—¿Qué?

—¡Los cristales! —señaló el astillado parabrisas—. ¡Quite los trozos que quedan!

El campesino necesitó un segundo en salir de su estupor y comprender a lo que se refería el teniente de la Lincoln.

Lo que había sido el parabrisas era ahora un montón de esquirlas de cristal afilado colgando precariamente de su marco de caucho. Si no las quitaba, con el simple traqueteo de la marcha terminarían por caerles encima.

—¡Alto! ¡Alto! —gritó alguien desde algún punto a su derecha, y de inmediato escuchó el inconfundible sonido de un máuser disparando, como la seca palmada de un gigante.

—¡Agachaos! —gritó Jack, y volviéndose hacia atrás exclamó—: ¡Agáchense todos!

Riley mantenía toda su atención en el volante y en la estrecha calle que conducía fuera del pueblo. Una calle que más bien era un callejón, más angosta aún que por la que habían venido. Pero eso no era lo peor.

Como le había anticipado el hombre que ahora se acurrucaba en el asiento con el rostro desencajado, el final de la calle estaba señalado por un arco que unía ambos lados y que siglos atrás debió de ser una de las puertas de aquel pueblo amurallado.

—¡Pare!—exclamó Eustaquio—. ¡No vamos a pasar!

—¡Acelera! —gritó en cambio Jack.

Riley engranó la tercera marcha y enfiló hacia el arco pisando el pedal hasta el fondo.

Al aumentar la velocidad ya no había posibilidad de conducir con precaución, y ahora los costados del camión golpeaban contra las fachadas, arrancando fanales, celosías o cualquier cosa que sobresaliera unos centímetros de la pared.

El estrecho arco se acercaba rápidamente, y cada vez parecía más estrecho.

—¡Acelera! —repitió Jack por encima del ensordecedor estrépito.

—¡Voy todo lo deprisa que puedo!

Nuevos disparos sonaron a sus espaldas, y alguien gritó de dolor en la parte de atrás del camión.

—¡Han dado a alguien! —gritó Eustaquio, alarmado, volviéndose en su asiento—. ¡Han dado a alguien!

—¡Ahora no podemos hacer nada! —le dijo Jack.

Un grupo de soldados apareció al otro lado del arco que tenían que atravesar, y plantándose en mitad de la calle apuntaron con sus fusiles hacia el camión.

—¡Enciende los faros! —exclamó Jack.

Pero antes de que lo dijera Riley ya estaba buscando el botón en el salpicadero, y un segundo más tarde los potentes faros del Hispano-Suiza proyectaron su luz sobre los soldados, dotándoles de una apariencia casi fantasmal.

Los soldados nacionales abrieron fuego al unísono, pero deslumbrados por los focos del camión apuntaron al bulto y las balas golpearon sobre el radiador, el parachoques y el techo como una violenta y breve granizada.

En respuesta Jack disparó sobre ellos con su Tokarev T-33 sin llegar a acertar, pero logrando al menos que se quitaran de en medio.

En ese momento alcanzaron el arco, y los guardabarros de chapa de las ruedas delanteras gimieron contra las paredes que les ceñían, destrozándose mientras dejaban un surco blanquecino en la piedra.

—¡Agarraos! —advirtió Alex.

Jack se preguntaba el porqué de aquel aviso, cuando la respuesta sematerializó en un brutal impacto que sacudió todo el camión. Desde la parte de atrás les llegó un alboroto de golpes y quejidos.

—¡María! —gritó Eustaquio, vuelto hacia atrás en su asiento—. ¡¿Estás bien?!

El techo de la sección de carga había chocado contra la parte inferior del arco, y aunque las barras de acero que sostenían el techo de lona se habían doblado hacia atrás, el camión se había incrustado en un espacio inferior a su tamaño, y ahora pugnaba por sortearlo como un animal herido trata de liberarse de una trampa.

Una nueva descarga de disparos de fusil llegó desde la retaguardia, y los gritos de pánico de las religiosas y los civiles se alzaron por encima del estruendo del motor, que parecía a punto de explotar.

—¡Acelera, carallo! —le gritaba Jack— ¡Acelera!

Riley pisaba el acelerador con todas sus fuerzas. El vehículo no había llegado a detenerse, pero se arrastraba a duras penas chirriando y quejándose por el terrible esfuerzo al que era sometido.

Los músculos de Alex se tensaron como cables de acero, el sudor le corría por la frente, y sus ojos estaban fijos en la oscuridad del campo que se extendía más allá de aquel maldito arco de piedra en el que se hallaban atascados. Todo su ser se concentró en hacer que el camión superara aquel último obstáculo, pero cuanto más avanzaba más despacio iba, y pese a todo aquel esfuerzo parecían condenados a quedar atascados en aquel maldito arco.

Finalmente el camión se detuvo, y aunque Riley insistía en pisar el acelerador el vehículo se negó a avanzar ni un centímetro más.

Entonces, desde las esquinas exteriores del arco y a solo un puñado de metros frente a ellos, varios legionarios soldados asomaron de nuevo apuntando sus fusiles y disparando a quemarropa contra la cabina.

Los tres ocupantes se lanzaron al suelo en cuanto los vieron aparecer, y una nueva lluvia de cristales arreció sobre los fugitivos.

Estaban atrapados.

20

—Dios mío… —barbullaba Eustaquio, hecho un ovillo en el suelo de la cabina— Dios mío. Dios mío…

Una nueva salva de disparos se estrelló contra la cabina, pero esta vez los legionarios habían apuntado hacia los faros del camión. Ya no los deslumbrarían una segunda vez.

Riley y Jack habían aprovechado el momento a cubierto para recargar sus pistolas con un segundo cargador.

—¡Estos de ahí delante nos van a machacar! —exclamó Jack.

Riley amartilló su Colt y resoplando entre dientes le gritó a su amigo:

—¡Cúbreme!

—¿Qué? ¡No irás a…!

—¡¡¡Que me cubras!!! —rugió.

Obediente, el gallego se asomó y comenzó a disparar a discreción sobre los soldados, acertando a uno que cayó de espaldas y haciendo que los otros se protegieran tras la esquina.

Riley aprovechó el momento y se incorporó en la cabina, saltó sobre el capó del camión, y de ahí al suelo empedrado. Cayó sobre la pierna herida y ahogó un grito de dolor.

Pero no se detuvo, y mientras Jack seguía disparando a su espalda, dobló la esquina tras la que se ocultaban los legionarios que, sorprendidos ante la inesperada aparición del americano, no tuvieron tiempo de reaccionar cuando este les apuntó con su pistola y los fulminó a ambos con sendos disparos a quemarropa.

Entonces una nueva descarga de fusiles se estrelló contra la parte de atrás del camión. Alex enfundó la pistola, se hizo con uno de los fusiles de los caídos y se lanzó al suelo.

Los bajos del camión eran el único espacio libre, así que se deslizó bajo el morro y pudo ver cómo más allá decenas de sombras avanzaban hacia ellos rápidamente por la estrecha calle. Descorrió el cerrojo del máuser para introducir una bala en la recámara, apuntó a la figura más próxima, y disparó.

Unos de los soldados profirió un grito de dolor y se derrumbó.

Al verlo caer, todos los que venían detrás trataron de cubrirse como buenamente pudieron tras portales y balaustradas. Alex aún tuvo ocasión de disparar dos veces más, antes de que lo descubrieran bajo el camión y abrieran fuego contra él.

Una lluvia de balas arreció contra los bajos del camión, levantando esquirlas de piedra al impactar contra el empedrado. Una de estas balas fue a parar al neumático derecho trasero, haciéndolo estallar y provocando que esa parte del camión descendiera un palmo hacia el suelo.

Riley se quedó pasmado, sorprendido por ese inesperado efecto, hasta que su mente fue capaz de procesarlo debidamente.

Entonces reculó hasta que pudo volver a ponerse en pie y se plantó frente al vehículo para que su amigo le viera.

—¡Jack, ponte al volante y acelera! —le gritó al sargento.

—¡Pero si estamos atascados!

—¡Ya lo sé! ¡Hazme caso!

Y aunque sin comprender por qué lo hacía, el gallego obedeció, se pasó ágilmente al otro lado de la cabina e hizo rugir de nuevo el motor.

Alex volvió a lanzarse bajo el vehículo, pero esta vez ignoró a los soldados que lo disparaban y en su lugar apuntó a la otra rueda trasera y abrió fuego.

De golpe, la parte de atrás del camión bajó lo suficiente como para desencallarse del techo del arco y, como el tapón de una botella de champán descorchándose tras haber sido agitada con fuerza, el camión salió disparado como un proyectil hacia delante.

Los bajos del Hispano-Suiza pasaron rozando la cabeza de Riley, que seguía tumbado en mitad de la calzada.

Entonces, tras alejarse más de cincuenta metros por la carretera que le alejaba del pueblo, el camión se detuvo con un frenazo y la cabeza de Jack asomó por la ventanilla del conductor.

—¡Alex, sube, carallo! —le gritó, haciéndole aspavientos para que fuera hacia el vehículo—. ¡A qué estás esperando!

No tuvo que pedírselo dos veces.

Alex retrocedió arrastrándose hasta la esquina, disparó las dos últimas balas que quedaban en el cargador, dejó caer el fusil al suelo y corrió como alma que lleva el diablo hasta alcanzar la parte trasera del camión y auparse a la caja.

Un segundo más tarde, el vehículo volvía a saltar hacia delante por el camino de tierra que llevaba a Codo, alejándose en la oscuridad del condenado pueblo de Belchite desde donde aún les disparaban esporádicamente, aunque sin decidirse a internarse en la noche para perseguirlos.

En el interior de la caja, donde se apelotonaban las religiosas y la familia de Eustaquio, apenas había espacio para moverse. La oscuridad era absoluta, cubiertos como estaban por aquella maltrecha lona sembrada de agujeros de bala, y se sucedían lamentos de dolor y miedo. El camión, rodando sobre sus llantas sin neumáticos traseros que lo amortiguaran, se agitaba como un caballo salvaje que quisiera sacudirse el jinete, y paradójicamente, el ir tan apretujados era lo que impedía que nadie cayera al suelo por ello.

Por un momento, Riley tuvo el horrible presentimiento de que la desquiciada fuga había resultado un desastre y que a toda aquella gente que se agolpaba a su alrededor como en un transporte de ganado le habría ido mejor quedándose en Belchite.

—¿Hay alguien herido? —preguntó con temor a la oscuridad, intuyendo de antemano la respuesta.

Unos cuantos gemidos fueron la réplica inmediata, seguidos de un fúnebre silencio que no auguraba nada bueno.

—¿Señor Riley? —preguntó entonces una voz conocida—. ¿Es usted?

—¿Sor Caridad? —contestó, sorprendiéndose a sí mismo por la alegría de escucharla.

—Sí, soy yo —aclaró la voz desde la oscuridad—. ¿Qué ha pasado? ¿Ya hemos salido de Belchite?

Riley asintió vanamente en la oscuridad.

—Sí —confirmó—. Ya estamos fuera.

—¡Oh! ¡Bendito sea Dios! —exclamó—. ¡Hermanas! ¡Ya hemos salido del pueblo! —repitió en voz alta, y en respuesta una retahíla de aleluyas y bendiciones corrió de boca en boca—. ¡Alabado sea nuestro señor Jesucristo que nos ha protegido!

—Sí, claro, Jesucristo… —murmuró Riley—. ¿Está usted bien? ¿Hay heridos?

—No lo sé.

—Pues averígüelo —le ordenó Alex.

—¿Y usted? —le preguntó la religiosa, y para su sorpresa, con sincera preocupación—. ¿No está herido?

—Me han dado en la pierna, pero estoy bien. Es solo un rasguño.

—Deje que se lo mire —contestó, tomándole del brazo.

—Luego, luego —repuso con cierta incomodidad—. Antes ocúpese de los otros.

Y mientras decía esto, percibió con extrañeza cómo la velocidad del vehículo se reducía progresivamente y pocos segundos más tarde, con un quejido mecánico, se detenía por completo.

—¿Qué narices…? —masculló, levantando la lona y comprobando que el pueblo estaba a poco más de un kilómetro de distancia. Aún demasiado cerca.

Con cuidado de no apoyar la pierna herida, saltó del camión y se dirigió a la cabina.

Al acercarse, Eustaquio le preguntó cómo estaban su mujer y sus hijas, y al no saber Alex qué responderle, saltó del asiento y se dirigió corriendo a la parte de atrás.

Jack, mientras tanto, se encontraba encaramado al capó, auscultando el enorme motor del que salía una nube de humo blanco.

—¿Qué pasa? —quiso saber Riley—. ¿Por qué hemos parado?

—Eso me gustaría saber a mí —respondió el gallego—. ¿Puedes alumbrarme un poco?

Riley se subió al parachoques, encendió el mechero y lo acercó al motor, que desprendía un fuerte olor a aceite quemado.

Con precaución, Jack introdujo la mano y tanteó cables, tubos y piezas, comprobando que no hubiera nada suelto.

—¿Sabes algo de motores? —comentó Riley al cabo de un rato de verlo trastear.

—Ni una palabra —confesó Jack, levantando la cabeza—. ¿Y tú?

Aun con todas sus carencias en mecánica automovilística, no tardaron en concluir que una bala debió de perforar algún elemento clave de la refrigeración y el motor se había sobrecalentado hasta que ya no pudo más. Así que se vieron obligados a hacer bajar a todo el mundo del camión para seguir a pie en dirección a las líneas republicanas.

Al hacerlo, pudieron comprobar que el listado de heridos era felizmente bastante más corto de lo que se temían. El portón trasero del camión estaba blindado con una gruesa chapa de acero que había hecho las veces de parapeto y salvado a los ocupantes de las balas nacionales. La mayoría de las heridas eran producto de las astillas que habían salido despedidas, y los pocos moratones, debidos a los trompicones del camión.

Sin embargo, la anciana hermana Sor Lucía había tenido la mala fortuna de que varias personas le cayeran encima en un momento de la huida, y a consecuencia de ello parecía haberse fracturado la cadera.

La monja, tumbada en el suelo junto al camión, se lamentaba de su desgracia rodeada de un corro de novicias y religiosas que la atendían y consolaban.

—Ay… Dios mío. Ay… —sollozaba entre lágrimas de dolor.

—Tranquila, hermana —le dijo Sor Caridad, pasándole la mano por la frente—. Se va a poner bien.

—Confesión… —masculló, aferrándose a la cruz que le colgaba del cuello— Confesión...

—No exagere, Sor Lucía. Que no se va a morir —la calmó la madre superiora con una sonrisa tranquilizadora, y volviéndose hacia Riley le dijo—: Tenemos que llevarla a un médico.

El teniente de la Lincoln echó un vistazo en dirección a las posiciones republicanas, y luego hacia Belchite. Calculó que se encontraban a medio camino de ambos sitios. El pueblo estaba aún demasiado cerca para estar tranquilos, y si algún oficial rebelde ordenaba salir a perseguirlos en busca de venganza, incluso a pie tardaría solo unos minutos en alcanzarlos.

—Hay que salir de aquí ahora mismo —dijo—. Así que habrá que llevarla como buenamente podamos.

—Con la cadera rota y a su edad —arguyó Sor Caridad—, no puede pretender cargarla como a un saco de patatas. Se moriría del dolor.

—Pues me va a disculpar, hermana, pero nos hemos olvidado de traer una silla de ruedas.

La religiosa frunció el ceño ante el tono del teniente.

—No se ponga sarcástico conmigo, jovencito, y trate de resultar útil en lugar de esforzarse en hacerse el gracioso.

Riley alzó el índice dispuesto a replicar airadamente, pero alguien cerró de golpe el portón del camión y entonces se le ocurrió la manera de transportar a la monja lesionada.

—Quizá si... —mascculló, dejando de lado a la monja y subiendo a la caja del camión—. Ven, Jack, ayúdame con esto.

Desenfundó el cuchillo y rasgó un gran tozo de lona.

—Busquen unos palos —añadió, dirigiéndose a Eustaquio y algunos de sus familiares que observaban la escena en la distancia—. Vamos a fabricar una camilla.

Una vez hecha, instalaron sobre ella a Sor Lucía y acarreándola entre cuatro se pusieron en marcha con los dos brigadistas a la cabeza, abandonando el camión y dirigiéndose a pie hacia las líneas republicanas.

—Está clareando —anunció Jack, señalando el albor que se insinuaba por el este.

—Lo veo.

El gallego miró hacia atrás. Hacia aquella variopinta columna de refugiados caminando en silencio en la oscuridad, compuesta por mujeres, niños, unos pocos hombres y casi una veintena de religiosas que, vestidas de blanco, parecían almas en pena recorriendo la noche.

—Vamos muy lentos —advirtió preocupado—. Nos va a amanecer en el camino.

—Ya.

El sargento se volvió hacia Riley.

—No vamos a regresar a tiempo, Alex. Marty se enterará, el general se enterará, y tú y yo nos veremos frente a un consejo de guerra.

Riley cabeceó.

—Ya.

Jack abrió la boca, dispuesto a añadir algo más, pero terminó por ahorrarse las palabras.

—Ya —asintió en cambio, con el mismo aire de fatalidad.

En ese momento, Eustaquio se acercó desde atrás, cargando a una de sus hijas sobre los hombros.

—Yo… —carraspeó azorado— les estoy agradecío… a los dos, por sacarnos del pueblo.

—No hay de qué, amigo —contestó Riley—. Nosotros le metimos en este lío. Solo intentamos arreglarlo y hacer lo correcto.

El campesino resopló por la nariz.

—Lo correcto… —repitió la palabra, como si se tratase de una ciudad mítica—. Aquí naide hace lo correcto. Ni ellas —hizo un leve gesto hacia las monjas—. Les habría dao igual si nos hubieran fusilao a todos, diciendo que somos rojos. En el fondo, son iguales que los fascistas.

Jack le miró con severidad antes de preguntarle:

—Y si a ellas las hubieran violado y asesinado los anarquistas… ¿Habrías hecho algo por defenderlas?

Eustaquio le devolvió una mirada cargada de culpabilidad, y seguidamente bajó la cabeza.

—¿Falta mucho? —preguntó, cuando el eco del reproche se apagó en sus oídos.

—Es difícil decirlo —contestó Riley—. No hay una línea pintada en el suelo que marque el frente.

—¿Y cómo sabremos que ya la hemos cruzao?

—Pues tendríamos que…

Alex Riley dejó la frase a medias, pues a ambos lados del camino un grupo de sombras se alzó de entre la maleza a solo unas decenas de metros por delante.

—¡Alto ahí! —ordenó una de las sombras—. ¡Quién va!

—¡Soldados de la República! —respondió Riley, deteniéndose de inmediato—. ¡Del Batallón Lincoln!

—¡Santo y seña! —les exigió la misma voz, con un fuerte acento alemán.

En respuesta, Jack exclamó:

—¡Pimentón!

Durante unos interminables segundos el centinela pareció meditar la respuesta, y cuando ya se temían que iban a responderles que aquella no era la contraseña del día, contestó:

—¡Picante!

Los dos brigadistas resoplaron de alivio, y la bamboleante luz de una linterna se aproximó a ellos en manos del soldado y, ya de muy cerca, les alumbró directamente.

Lo que no se esperaban era lo que sucedió a continuación.

El centinela gritó con todas sus fuerzas:

—¡Alerta! ¡Es una trampa! ¡Son legionarios!

Alex y Jack sintieron el impulso de girarse en busca de esos legionarios a los que se refería.

Aún tardaron un segundo en caer en la cuenta de que se trataba de ellos mismos.

En un imperdonable descuido, todavía llevaban puestas las camisas de los soldados a los que habían dejado maniatados en el pueblo.

Riley abrió la boca tratando de aclarar el malentendido, pero antes de que pudiera decir la primera palabra, alguien disparó.

21

—¡Alto el fuego! —Ordenó Riley, por encima del griterío que se había desatado a su espalda—. ¡Somos de los vuestros, joder! ¡Alto el fuego!

—¡Traemos civiles! —gritó Jack, a su lado—. ¡Mujeres y niños! ¡No disparéis, *cagondiez*!

—¡Identifíquense! —ladró la voz detrás de la linterna.

—¡Teniente Riley y sargento Alcántara del Batallón Lincoln! —exclamó Alex—. ¡Venimos de patrulla!

El centinela pareció meditar aquella respuesta, repasando si le sonaban tales nombres.

—¿Y toda esa gente? —Preguntó, aún con desconfianza—. ¿De dónde viene?

—Son refugiados de Belchite.

La luz se acercó unos metros, iluminando al grupo.

—Pe… pero si la mitad son monjas —observó, incrédulo.

—Son refugiados y están a mi cargo —repuso Alex y, sintiéndose más seguro, inquirió—: ¿Y quién es usted, soldado?

—Cabo Primero Stern. Brigada Thaelmann.

—¿Alemán?

—Austríaco —precisó.

Riley se aproximó, plantándose frente a él con las manos a la espalda. Era un hombre joven, con insignia roja en la solapa, una perilla al estilo Lenin y gafitas redondas de intelectual. El arquetipo de un miembro del partido comunista.

—Muy bien, camarada Stern —le dijo, tratando de imprimir a su voz un aire autoritario—. Sus órdenes son vigilar este paso. ¿No es así?

—Eso mismo.

—Pues en ese caso, siga con lo que estaba haciendo. Nosotros vamos a proseguir nuestro camino.

El cabo vaciló y miró hacia atrás, a los siete soldados que le acompañaban y prudentemente se mantenían unos pocos metros a su espalda.

—Disculpe, camarada teniente, pero no puedo permitir que ninguno de ustedes se marche —dijo señalando a la singular romería.

—¿Quién es su superior, cabo?

—El comandante Staimer.

El gallego se acercó a Riley.

—Staimer es la mano derecha del general Walter —le cuchicheó en voz baja—. Mal asunto.

Alex asintió.

—Nos vamos —dijo entonces, echando un breve vistazo hacia el este, por donde comenzaban a irradiar los primeros rayos de sol—. No tenemos tiempo que perder. Yo informaré personalmente a su comandante —y haciendo un gesto con el brazo, indicó a la comitiva que se pusiera en marcha.

Stern se interpuso en el camino, cruzando el fusil ante sí.

—Camarada teniente, por favor… —le dijo a Riley— no me lo ponga más difícil.

Riley dio un paso al frente hasta quedar nariz con nariz con el austríaco.

—Apártese, Stern —masculló entre dientes—. No se lo voy a repetir.

El cabo, lejos de arrugarse, dio un paso atrás y apuntó con su arma a Riley.

Los soldados que le acompañaban imitaron su gesto, llevándose los fusiles al hombro y apuntando a los dos brigadistas de la Lincoln.

—Tengo órdenes —se justificó el austríaco.

—¿Órdenes?¿Qué clase de órdenes?

—De que les retenga aquí.

—Pero… ¿Cómo? —intervino Jack—. Nadie sabía que veníamos. ¡*Carallo*! ¡Ni siquiera nosotros lo sabíamos!

Stern no contestó a aquella pregunta.

—¿Órdenes de quién? —le interrogó Riley.

El austríaco dio un nuevo paso atrás sin dejar de apuntarle, pero siguió sin abrir la boca.

—¡Órdenes de quién! —rugió de nuevo Riley.

—Ógdenes mías —contestó alguien desde la oscuridad.

Si en ese momento les hubieran pinchado, ni una gota de sangre habría caído al suelo. Tan desconcertados estaban que se vieron incapaces de articular una palabra coherente mientras veían aproximarse a André Marty con aire satisfecho y una sonrisa exultante que parecía ensancharse por momentos.

—Bueno, bueno, bueno… —dijo, plantándose ante ellos con las manos a la espalda—. Qué bien que nos encontgemos de nuevo. ¿No les pagece?

Por fin, Jack fue capaz de juntar dos palabras con sentido.

—¿Cómo sabía…?

El francés hizo un ademán indolente.

—Oh. No tiene ningún mégito. Estaba segugo que intentagían algo, así que di ógdenes a los guagdias que les pegmitiegan escapag si lo intentaban. Luego, solo tuve que poneg unas pocas patgullas en los caminos y espegag que apageciegan como finalmente han hecho.

—Pero… ¿por qué? —insistió el gallego—. No lo entiendo. ¡Si ya estábamos bajo arresto!

—Ciegto —asintió—. Pego solo pog indisciplina y desacato, y en mitad de una ofensiva como esta, segugo que no habgían pasado ni dos días aggestados. Yo quegía demostgag que son ustedes unos tgaidoges y castigaglos como gealmente se megecen. Quegía... Quiego —rectificó—, dag ejemplo.

—Quiere fusilarnos —resumió Riley.

Marty no lo admitió, pero el brillo de sus ojos delataba que era eso exactamente lo que tenía en mente.

Entonces, como un esclavista inspeccionando el producto, pasó de largo y se acercó al grupo de civiles, que a su vez le observaban con creciente temor.

—Veo se han tgaído con ustedes a un montón de amigos... —y señalando a las dominicas, exclamó—: ¡*Mon Dieu*! ¡Pego si hasta han ido a buscag a las monjas del pueblo! ¿A quién más se han tgaído? —preguntó, tomando del brazo a uno de los primos de Eustaquio—. ¿Al cuga? ¿Al secgetagio de la Falange? ¿Al genegal de la legión?

—Son civiles inocentes —puntualizó Riley, sin demasiadas esperanzas—. Refugiados.

El comisario político forzó una risa burlona.

—¿Inocentes? ¡No hay inocentes en esta guegga! Si estaban en Belchite y no se levantagon en agmas contga el fascismo, paga mí son también cómplices de los fascistas.

—Son solo monjas y campesinos. No guerrilleros.

—Tgaidoges —replicó Marty—. Cobagdes.

—Ellos no...

—¡Silencio! —gritó, volviéndose hacia Alex—. ¿No lo entiende, vegdad? ¡La guegga no la ganagemos si el pueblo no se gebela contga la opgesión y el fascismo! —sacudió del brazo al campesino como si fuera un pelele—. ¡Es pog ellos que luchamos! ¡Pog ellos! ¿Y cómo lo aggadecen? ¡Huyendo como conejos! ¡Han de gebelagse! ¡Luchag en las tginchegas junto a los camagadas pgoletagios! ¡Mogig pog la causa si es pgeciso!

—¿Y usted, Marty? —preguntó Riley—. ¿Ha luchado usted en las trincheras? No recuerdo haberle visto nunca empuñando un fusil.

El cabo primero Stern y los otros soldados de la Thaelmann presentes seguían la conversación con especial interés y eso empujó a Marty a responder a Riley, aunque con evidente disgusto.

—El camagada Stalin me designó pegsonalmente como comisagio político del pagtido en el ejégcito de la Gepública. Es una alta gesponsabilidad a la que no puedo genunciag, pog mucho que desee batigme en las tginchegas.

—Claro… Es mucho más fácil fusilar a soldados de tu propio bando. ¿Cómo decías que le llamaban, Jack? —preguntó a su amigo.

—El Carnicero de Albacete.

—Ah, sí. Es verdad. ¿A cuántos soldados republicanos mandó fusilar allí, camarada comisario? ¿Mil? ¿Dos mil? ¿Tres mil, quizá?

Aun bajo la tímida luz del amanecer, se pudo ver claramente cómo se encendía el rostro del francés.

—Basta ya de cháchaga… —masculló entre dientes, desenfundando su pistola—. ¡Vosotros! —ladró a los soldados, pero señalando a Alex y Jack—. ¡Desagmaglos y lleváoslos, y luego fusilaglos!

El cabo Stern vaciló.

—¿No me ha oído, cabo? —le increpó Marty.

El austríaco tragó saliva con dificultad.

—Camarada comisario, en lugar de fusilarlos, ¿no deberíamos llevarlos ante el general, para que él decida que…?

André Marty salvó los pocos metros que le separaban del cabo primero, y antes de que pudiera terminar la frase y sin mediar palabra, desenfundó su pistola y le golpeó brutalmente con la culata en la sien.

El comisario aún sostenía el arma a modo de advertencia cuando el cuerpo inconsciente de Stern cayó desmadejado sobre el polvo y un fino reguero de sangre empapó la tierra bajo su cabeza.

Todos los presentes, incluidos los soldados, reaccionaron con repulsión contenida ante aquella agresión gratuita por parte del francés.

—¿Alguien más quiege discutig mis ógdenes? —preguntó, mirando en derredor con la pistola en la mano.

Por un breve instante los soldados parecieron dudar si obedecer a aquel desalmado, pero finalmente el miedo se impuso. Cabizbajos, dos de ellos se aproximaron a Alex y Jack con la intención de desarmarlos, mientras los demás les seguían apuntando con sus máuser.

Los dos brigadistas intercambiaron una mirada fugaz y al unísono desenfundaron sus pistolas. Jack apuntó con su arma a aquellos dos soldados, mientras Riley, sorprendiendo a todos, se abalanzó sobre el comisario político. Antes de que este tuviera tiempo de reaccionar, se encontró con el brazo de Alex rodeándole el cuello por la espalda y el cañón de la Colt apretándose contra su sien.

La soberbia y la certidumbre del miedo que inspiraba a todos aquellos que le rodeaban había sido lo que, paradójicamente, había supuesto que André Marty fuese incapaz de imaginar tal osadía. Incluso entonces, ya rehén, seguía sin poder entender lo que le estaba sucediendo. Era él «El carnicero de Albacete». Era él, quien inspiraba terror en los demás. No era concebible que en ese momento él fuera la víctima. No era posible… pero estaba sucediendo.

—¡Tirad las armas! —ordenó Riley a los soldados—. ¡O lo mato ahora mismo!

Estos, atónitos, miraron a Marty, que apenas era capaz de respirar bajo la presa de Alex.

—No pueden… matagme… —farfulló con dificultad, con los ojos desorbitados por la asfixia y el miedo.

—¿Eso cree? —susurró Alex, apenas conteniendo su ira—. Fíjese en esto —y apretó aún más el brazo sobre el cuello de Marty, que comenzó a patalear y mover los brazos espasmódicamente.

—Pog favog… —musitó, casi sin aliento.

Riley redujo la presión, y dejó que tomara aire de nuevo.

—Ordene que tiren las armas —repitió—. Ahora.

Aterrado, el francés hizo un gesto para que los soldados obedecieran al americano.

—Hagan… lo que… dice…

Seguidamente y sin dejar de apuntarles, Jack les obligó a sentarse en el suelo sobre sus propias manos.

—Vosotros tranquilos —les decía mientras tanto—. Podréis alegar que solo hicisteis lo que os ordenó el comisario. Así que no hagáis tonterías. ¿De acuerdo?

Los siete soldados asintieron sin problema. En realidad parecían encantados de que a Marty le estuvieran administrando una dosis de su propia medicina.

Entonces el gallego se acercó a Riley.

Miró a la columna de refugiados, en cuyas caras se reflejaba miedo y expectación a partes iguales, luego al comisario político, sofocado por la falta de aire y el pánico, y finalmente hacia un sol encarnado que ya se elevaba por encima del horizonte como bañado en sangre.

—¿Y ahora qué? —le preguntó.

—Ahora nos toca esperar.

Joaquín Alcántara frunció el ceño, confuso.

—¿Esperar? ¿A qué?

Alex señaló con la cabeza en dirección al camino que llevaba a las posiciones republicanas.

—A que lleguen —dijo.

En la distancia, una nube creciente de polvo reveló la presencia de un vehículo aproximándose. Un automóvil militar con la bandera de las Brigadas Internacionales y las cuatro estrellas de general flameando al viento.

22

Al cabo de menos de un minuto, el Citröen Traction Avant verde oliva se detuvo de un frenazo envuelto en una densa nube de polvo amarillo. La bandera con las cuatro estrellas reservada a los generales y el símbolo de las Brigadas Internacionales no dejaba muchas dudas sobre quién era su ocupante. De modo que Alex se sorprendió cuando al abrirse la portezuela del copiloto, saltó del mismo un tipo algo desgarbado, de pelo negro revuelto y espesas cejas que se juntaban sobre el puente de la nariz. El hombre, que debía de tener unos veinticinco años, llevaba colgada del cuello una voluminosa cámara de fotos que inmediatamente se llevó a la cara y con la que comenzó a tomar imágenes de todo lo que le rodeaba.

A continuación, quien descendió del vehículo fue el comandante Merriman, que miró a su alrededor con gesto serio, fijó la vista en Jack, todavía apuntando con su pistola a los soldados cautivos, y luego en Riley, que de inmediato soltó a Marty y apartó la Colt de su cabeza.

—Baja el arma, Jack —le dijo a su amigo, quien rápidamente hizo caso dándose cuenta de la inutilidad de su gesto.

Y por último, como era previsible, por la portezuela apareció la cabeza rapada y el gesto severo del general Walter, observándolo todo con su aire severo e intransigente.

Aunque lo que no resultó tan previsible de ningún modo fue que mantuviera su puerta abierta y con un gesto rayano en la galantería invitara a salir del mismo al último ocupante del vehículo.

Con una boina calada cubriendo parte de su rubia melena y aquel aire resuelto tan propio de ella, exhibiendo una confiada sonrisa, Martha Gellhorn tomó la mano que le ofrecía el general Walter y salió del coche como una princesa que acompañara a su consorte.

Lo primero que llamó la atención a Walter, por descontado, fue el cuerpo inconsciente del sargento Stern. En silencio se plantó frente a él, sin molestarse en comprobar si aún vivía. Seguidamente dirigió la mirada a los soldados, quienes se habían puesto firmes aunque sin tomar sus armas, que aún permanecían amontonadas a un lado. Después no pudo evitar fijarse en la casi cuarentena de civiles y religiosas aguardando expectantes a una prudente distancia, y finalmente paseó la vista sobre André Marty y los dos brigadistas de la Lincoln vestidos con uniformes de legionario y aún con rastros de betún en cara y manos.

Seguidamente ordenó a dos de los soldados presentes que se llevaran a Stern, y luego se cruzó de brazos con actitud meditabunda.

En circunstancias normales, el general Walter era capaz de hacerse una composición bastante precisa de las situaciones con un breve vistazo, pero en esa ocasión se sentía incapaz de imaginar los acontecimientos que habían desembocado en la escena de la que estaba siendo testigo.

Por ello no tuvo más remedio que dirigirse al francés y formularle una pregunta inevitable.

—¿Qué demonios está pasando aquí, Marty? —inquirió con dureza, alzando la barbilla.

El comisario político, como un perro apaleado, corrió en dirección al general perdiendo todo tipo de compostura y señaló a Riley y Jack con vehemencia.

—Ellos… Esos dos tgaidoges, camagada genegal… Ellos han tgatado de matagme —balbuceó y, dirigiéndose al escuadrón de soldados, les gritó—: ¡Y vosotgos, cobagdes! ¡Ya pasagé cuentas con vosotgos! ¡Llevaos a los dos tgaidoges y fusiladlos de inmediato! ¡Es una ogden!

Inesperadamente, el general apoyó la mano sobre el hombro de Marty.

—Un momento, camarada comisario —dijo con fría calma—. Yo decidiré a quién se fusila aquí y cuándo.

La reacción de Marty estuvo a medio camino de la sorpresa y la indignación.

—Pego... ¡Camagada genegal! —barbulló—. ¡Han intentado matagme!

—¿Es eso cierto, soldados? —quiso saber el general polaco, dirigiéndose a Jack y Riley.

Ambos movieron la cabeza.

—No es cierto, camarada general.

—¡Que no es ciegto, dicen! —Marty estalló en una risa nerviosa—. ¡Pego si aún llevan en la mano las pistolas!

—Mi arma está descargada como puede ver, camarada general —puntualizó Riley, extrayendo el cargador y mostrando que carecía de balas—. Y lo mismo la del sargento Alcántara.

—¡Eso da igual! —ladró Marty—. ¡Me amenazagon!

—Con armas descargadas —observó Merriman, que se mantenía en un discreto segundo plano.

El comisario político le dedicó una mirada cargada de veneno y volvió a centrarse en los dos miembros de la Lincoln.

—Estos dos soldados —dijo entonces, dirigiéndose al general—, desobedeciegon una ogden suya digecta. Les pgohibió específicamente tgatag de sacag a nadie del pueblo. ¡Y ya ve! —señaló triunfal al grupo de refugiados, alrededor del cual revoloteaba inquieto el fotógrafo tomando una foto tras otra—. ¡Se han buglado de usted!

El general dirigió una mirada severa hacia Riley.

—Eso también es cierto —dijo con un tono ciertamente amenazante—. No me gusta que se burlen de mí, teniente.

—Mi general... —carraspeó Alex—. En realidad, nosotros no hemos hecho tal cosa. Me ordenó que no sacara a civiles de Belchite, y no lo hemos hecho.

Al comisario político casi le da un patatús al oír aquello.

—¡¡Qué!! ¡¡Que no lo han hecho!! —exclamó incrédulo—. ¡Pero si están aquí mismo! —fue corriendo hacia el grupo de civiles y se colocó frente a ellos, como si de ese modo confirmara que estaban ahí—. ¡Ellos son la pgueba de su insubogdinación!

—Yo no conozco de nada a esas personas, camarada general —replicó Riley, con su mejor cara de póker—. ¿Y tú, Jack?

El gallego meneó la cabeza exageradamente.

—No las había visto en mi vida.

—¡Mienten! —aulló Marty, y agarrando a una de las novicias por el cuello con violencia la obligó a mirar hacia los dos brigadistas—. ¡Tú! ¡Dilo! —le gritó al oído, fuera de sí—. ¡Di que son ellos los que os han sacado del pueblo!

La novicia, sin embargo, se echó a llorar de puro miedo mientras el resto de hermanas lanzaban chillidos de terror.

—¡Dilo, maldita puta! —rugió el francés, echando mano a su pistola—. ¡Di que les conoces!

Entonces, la voz grave del general Walter se elevó por encima del griterío semejando a un barrito de elefante.

—¡Camarada comisario! —bramó, rojo de ira—. ¿Qué está usted haciendo?

El francés levantó la mirada con sorpresa y se dio cuenta de que todos los ojos estaban puestos en él, mirándole con desprecio y asco. Incluso aquel fastidioso fotógrafo húngaro que llevaba meses acompañándolos como una mosca cojonera no hacía más que tomarle fotos mientras amenazaba a la novicia con la Tokarev.

—Yo… solo pgetendía que hablaga, camagada genegal — repuso balbuceante, esbozando una parodia de sonrisa tranquilizadora—. Lo ve, no pasa nada… —enfundó de nuevo la pistola y le pasó la mano por la espalda a la religiosa—. No pasa nada… —repitió, dejando que la muchacha se alejara corriendo, incapaz de dejar de llorar.

—Camarada comisario…—repitió el general, negando con la cabeza con evidente disgusto— estoy muy decepcionado con usted.

—Camagada genegal, pog favog —insistió Marty—, ¡solo estoy tgatando de demostgagle que estos dos hombges han cometido desacato y megecen seg castigados! ¡Le han desobedecido!

Walter volvió a centrar su atención en Riley.

—Eso es cierto —confirmó—. Le di una orden directa y la ha desobedecido. Eso supone una falta muy grave.

—Camarada general —dijo en cambio Alex, metiéndose la mano por el interior de la camisa—. Permítame enseñarle algo.

La reacción inmediata de Karol Waclaw "Walter" fue dar un paso atrás y echar mano a su pistola en un acto reflejo, temiendo que el americano fuera a sacar un arma.

Pero antes de que le diera tiempo a desenfundar, vio que lo que Alex Riley sacaba no era sino una arrugada cuartilla de papel amarillento.

—Aquí tiene lo que me pidió, camarada general —dijo, entregándosela solemnemente.

El polaco miró la emborronada cuartilla del derecho y del revés, tratando sin éxito de hallarle un significado.

—¿Qué es esto? —preguntó al fin.

—Lo que usted me ordenó que consiguiera hace dos días, camarada general —contestó, esbozando una leve sonrisa de triunfo—. Un plano de Belchite con todas las posiciones, acuartelamientos, piezas de artillería y barricadas del enemigo. Todo lo que he hecho… —añadió cuadrándose marcialmente— ha sido cumplir estrictamente sus órdenes.

El general Walter estudiaba con detenimiento el sintético plano que le había ofrecido Riley, señalando ocasionalmente algunos trazos nada claros.

—¿Y esto? —preguntó con vivo interés—. ¿Son emplazamientos de artillería?

—Morteros, camarada general. Aquí y aquí.

—Y esto barricadas, ¿no es así?

—Así es. Con nidos de ametralladoras pesadas.

El general se pasó la mano por el cráneo lampiño, pensativo.

—¿Y cómo han logrado una información tan exhaustiva, teniente? ¿Acaso usted y el sargento se han paseado por todo el pueblo?

—No ha hecho falta, camarada general —y llevando la mano al cuchillo que colgaba de su cinturón, explicó con una sonrisa aviesa—: Hubo un par de legionarios que, con algo de motivación, estuvieron encantados de colaborar.

Una sombra de reconocimiento asomó en el rostro del rudo general, que mantenía toda su atención en el dibujo.

—Bien… Muy bien… —murmuró.

Martha Gellhorne, de pie junto al general, le guiñó un ojo a Riley.

Este se acercó a la periodista, y tomándola del brazo la condujo unos metros más allá.

—¿Cómo nos habéis encontrado? —le preguntó sin preámbulos—. ¿Y cómo has podido convencer al general para que venga? ¿Cómo…?

—Alto ahí, marinero… —le interrumpió—. ¿No querrás que una intrépida reportera te revele sus secretos?

—Déjate de historias, Martha. ¿Cómo sabías dónde estábamos?

—Javier, el niño que mandaste a nuestro campamento, habló con Shaw y le explicó lo que pretendíais hacer. Luego habló con Merriman, quien situó unos vigías para que le avisaran cuando os vieran llegar y dieran el aviso por radio, y este vino a hablar conmigo para pedirme que le acompañara a ver al general.

—¿Contigo? ¿Por qué?

La americana sonrió, y poniéndose las manos bajo los pechos los levantó provocativamente.

—¿A ti qué te parece?

—No puede ser…

—Pues ya ves que sí. Como dicen aquí en España: Tiran más dos tetas que dos carretas.

—¿Pero, tú y el...? —juntó los dedos índices de ambas manos—. Ya sabes...

Gellhorne abrió los ojos desmesuradamente, propinándole un empujón indignado.

—¿Pero cómo se te ocurre? —repuso con una mueca de asco—. Por Dios, no. He coqueteado un poco, cierto, pero ha sido la promesa de un gran reportaje lo que le ha hecho decidirse a venir. Todo es vanidad, querido —concluyó, pasándole la mano por el brazo—. Todo es vanidad.

Riley asintió, bastante de acuerdo con aquella sentencia.

—Sea como sea, gracias —le dijo solemnemente—. Nos has salvado la vida a Jack y a mí —y señalando a los refugiados, añadió—: Y posiblemente, también a ellos.

Gellhorne negó vigorosamente.

—No, Alex. Eso lo habéis hecho vosotros dos solos. Aunque... ¿sabes ya qué pasará con ellos?

Riley se encogió de hombros.

—El problema era sacarlos del pueblo, pero en este momento son unos simples refugiados y un estorbo más que otra cosa. Confío en que Merriman convenza a Walter de que lo mejor es simplemente dejarlos ir.

—Estoy segura de que así será. Pero me inquieta lo que pueda sucederos a ti y a Jack.

El teniente vio cómo el comisario político se había aproximado a Merriman, Walter y Jack, pero en lugar de estudiar el plano sobre el capó del coche como hacían los otros, tenía toda su atención puesta en el propio Riley, a quien observaba con una inquina que no auguraba nada bueno.

—Ya veremos —contestó—. Puede que el mapa del pueblo con las posiciones defensivas rebeldes y tu promesa de un reportaje al general nos hayan salvado el pescuezo, pero ese bastardo de Marty seguro que nos la tiene guardada para más adelante.

—Bueno, de eso ya te preocuparás cuando suceda —le dijo, tomándole del brazo—. Pero de momento y a cambio de haberte salvado el pescuezo como tú dices, me vas a contar todo lo que ha pasado esta noche y a darme la exclusividad de tu historia. Y ni una palabra a Ernest. ¿Me entiendes?

—Soy todo tuyo —sonrió—. Pero, la verdad, me sorprende no verlo por aquí. ¿Cómo es que no ha querido acompañaros?

—Oh, desde luego que quiso hacerlo —repuso Martha—. Por eso casi le da un ataque cuando el comandante le ordenó quedarse en el campamento. Convencí a Merriman de que, con ese carácter impulsivo que tiene, podría complicar más las cosas y era mejor que no viniera.

—¿Y por qué le...? —comenzó a preguntar, pero entonces vio una sonrisa pícara dibujarse en el rostro de la mujer—. Ah, ya. Comprendo... la exclusiva.

—En el amor, en la guerra y en el periodismo, todo vale —sonrió ufana.

En ese momento, Joaquín Alcántara se acercó a ambos con aire satisfecho.

—Creo que nos hemos librado del paredón —anunció al llegar—. Pero me huelo que no nos vamos a ir de rositas. El arresto y la degradación a soldados rasos no nos la quita ni el tato, por mucho mapa de Belchite que les hayamos conseguido.

Riley se encogió de hombros con estoicismo.

—Bueno. Teniendo en cuenta cómo podría haber ido todo, creo que nos podemos dar por contentos. ¿No te parece?

—¿Contentos, dices? —preguntó con asombro—. *Carallo*, Alex. Aún no me creo que estemos vivos.

Entonces Gellhorne le hizo un gesto al fotógrafo para que se aproximara.

—¡Robert! —le llamó—. Deja de fotografiar al general y ven aquí un momento. Quiero que me tomes una foto con estos dos valientes.

Cuando se acercó, la americana les presentó a ambos.

—Teniente Riley. Sargento Alcántara —dijo—. Este es Robert Capa: uno de los mejores fotógrafos de guerra que hay ahora mismo en Europa.

—¿Solo en Europa? —inquirió el húngaro enarcando una ceja.

Dicho esto levantó la cámara y encuadró el visor en el que Gellhorne ocupaba el centro de la imagen, flanqueada por Jack y Alex, los dos con el brazo por encima de los hombros de ella como viejos amigos.

—Decid *cheers* —sugirió Capa mientras ajustaba el objetivo, como esos fotógrafos de a peseta del parque del Retiro.

Los tres abrían la boca para hacerlo cuando un estridente zumbido resonó sobre sus cabezas. Levantaron la vista al unísono y fueron testigos de cómo una decena de bimotores en formación de ataque como siniestras aves de mal agüero surcaban el cielo de la mañana a mil metros de altura en dirección a Belchite.

—Los bombarderos... —dijo Riley, con un hilo de voz—. Ya están aquí.

Y en ese preciso instante Robert Capa accionó el disparador de su Leica, inmortalizando a los dos brigadistas y a la periodista con el horror pintado en el rostro, anticipando el infierno que estaba a punto de desencadenarse sobre aquel pequeño pueblo en tierra de nadie.

«Dedicado a la memoria de los civiles y soldados de ambos bandos que murieron durante la Batalla de Belchite».

EPÍLOGO

Con la intención de aliviar la presión del ejército sublevado sobre el frente norte y el asedio a Madrid, en los últimos días del caluroso agosto de 1937, cerca de 24.000 hombres bajo el mando de los generales Lister y Walter rodearon, bombardearon y finalmente asaltaron el pequeño pueblo fortificado de Belchite, donde unos 5.000 combatientes franquistas se habían concentrado.

Los bombardeos de aviación y artillería se iniciaron el día 26 de agosto y el día 1 de septiembre se lanzó un asalto de infantería que se tradujo en uno de los enfrentamientos más sangrientos de la guerra civil. El terrible combate se llevó a cabo casa por casa, habitación por habitación, y se prolongó hasta el amanecer del día 6, cuando los últimos trescientos defensores rebeldes, atrincherados en el edificio del ayuntamiento, intentaron una huida desesperada hacia Zaragoza de la que solo ochenta de ellos salieron con vida.

La punta de lanza de aquel asalto fue de nuevo el diezmado Batallón Lincoln que, tal y como había sucedido en la Batalla del Jarama seis meses antes, fue usado por motivos políticos como carne de cañón en primera línea y a consecuencia de ello sufrieron el mayor porcentaje de bajas de todo el ejército republicano.

Al finalizar la batalla, más de 5.000 cuerpos sin vida alfombraban las calles de Belchite y 2.411 soldados rebeldes eran tomados como prisioneros del ejército republicano.

El objetivo final de la ofensiva republicana era en realidad la ciudad de Zaragoza, pero la numantina defensa de Belchite por parte de las tropas de Franco retrasó dicha ofensiva y, una vez perdido el factor sorpresa, ya nunca pudo llevarse a cabo. El resultado final de la ofensiva de Aragón, ideada por el presidente Juan Negrín y el ministro de defensa Indalecio Prieto, se saldó con una pírrica victoria táctica y una estrepitosa derrota estratégica.

Solo seis meses más tarde, el 10 de marzo de 1938, el ejército sublevado recuperaba de nuevo Belchite.

—

El general Karol Waclaw «Walter» regresó a la URSS tras el final de la contienda y sirvió como general en el ejército soviético hasta 1947, año en que murió en una refriega contra nacionalistas ucranianos.

André Marty regresó a Francia en 1939 y posteriormente se instaló en Moscú, huyendo del escándalo que supuso su sanguinaria actuación en la guerra civil española. Murió en 1956 sin haber sido juzgado por sus crímenes.

El comandante Robert Merriman nunca volvió a dar clases en la Universidad de California. Se desconoce cuándo y dónde murió, ya que nunca se halló su cuerpo, pero un testigo afirma haberlo visto caer herido de muerte no lejos del mismo Belchite, el día 2 de Abril de 1938 durante la retirada de Aragón. Ernest Hemingway lo convirtió en protagonista de su novela *Por quién doblan las campanas*, bajo el nombre de Robert Jordan.

Ernest Hemingway, una vez finalizada la guerra y tras publicar *Por quién doblan las campanas*, contrajo matrimonio con Martha Gellhorn —a quien le había dedicado la novela— y se instaló en Cuba. Cubrió la segunda guerra mundial como reportero, implicándose hasta tal punto que acabó por dirigir a un grupo de partisanos a las afueras de París y llegó a ser testigo de primera línea de las mayores batallas de la contienda. Al regresar a Estados Unidos, fue condecorado con una Estrella de Bronce por su valentía en combate.

En 1945 Martha Gellhorn le pidió el divorcio, y un año más tarde Hemingway contrajo matrimonio con Mary Welsh, la que sería su cuarta y última esposa. A partir de entonces se agudizó su propensión a los graves accidentes y al alcohol, que con el tiempo provocaron un deterioro físico y mental así como una profunda depresión, a la que puso fin el 2 de julio de 1961, suicidándose de un disparo en la cabeza con su escopeta favorita. Ocho años antes, en 1953, el autor de *El viejo y el mar*, *Adiós a las armas* o *Tener y no tener*, había ganado el Premio Nobel de Literatura.

Martha Gellhorn llegó a ser considerada una de las corresponsales de guerra más importantes del siglo XX. Tan audaz o más que Hemingway, reportó la guerra desde Finlandia, Hong Kong, Birmania o Singapur, e incluso se hizo pasar por camillera para estar presente en el desembarco de Normandía. Años más tarde también cubriría el conflicto de Vietnam, la Guerra de los Seis días o las revoluciones en Nicaragua y El Salvador. Viajera y nómada, calificaba de muertos vivientes a aquellos que no buscaban nuevos horizontes por temor a salir malparados en el intento. Su lema vital era: «ir a otro país, otro cielo, otro idioma, otro escenario».

Martha Gellhorn ha pasado a la historia por haber estado casada con Hemingway, pero mucho más importante es señalar que se trató de una mujer valiente, libre e inteligente, que tomó las riendas de su vida e hizo de ella una increíble aventura.

El 15 de febrero de 1998, a los 89 años, enferma de cáncer y casi ciega, se suicidó con una píldora de veneno en su casa de Londres.

—

Gracias a la influencia de Gellhorn sobre el general Walter, Eustaquio y su familia así como las religiosas dominicas lograron llegar a su destino, ya que este accedió a proporcionarles transporte hasta las afueras de Zaragoza a cambio de un supuesto encuentro amoroso que nunca llegó a producirse.

Inevitablemente, Alex Riley y Joaquín Alcántara fueron degradados a soldados rasos y participaron en los combates de Belchite con el resto de su unidad, destacando en el asalto por su valor y entrega, aunque el comisario político André Marty se encargó de impedir que recibieran reconocimiento alguno por ello.

Los dos amigos continuaron luchando con el Batallón Lincoln hasta que el gobierno de la República disolvió las Brigadas Internacionales y mandó a los escasos voluntarios supervivientes de regreso a sus países. Alex y Jack llegaron a Londres a principios de 1939 con la intención de volver desde ahí a los Estados Unidos, de donde habían partido casi tres años antes. Sin embargo, el destino les tenía reservada una sorpresa a ambos y no solo no regresarían a casa, sino que, sin pretenderlo, se iban a ver inmersos en una aventura inimaginable.

Pero eso, claro, ya es otra historia.

Las fotografías de TIERRA DE NADIE

Martha Gellhorn y Ernest Hemingway

Martha Gellhorn y Robert Merriman

Robert Capa

Miembros el Batallón Lincoln

Hemingway en las trincheras

Oficiales y Suboficiales de las Brigadas internacionales

Belchite en 1937

Robert Merriman —con sombrero— entrando en Belchite al frente de sus tropas.

Iglesia de San Martín de Tours

Soldados de las Brigadas Internacionales

Las estrechas calles de Belchite

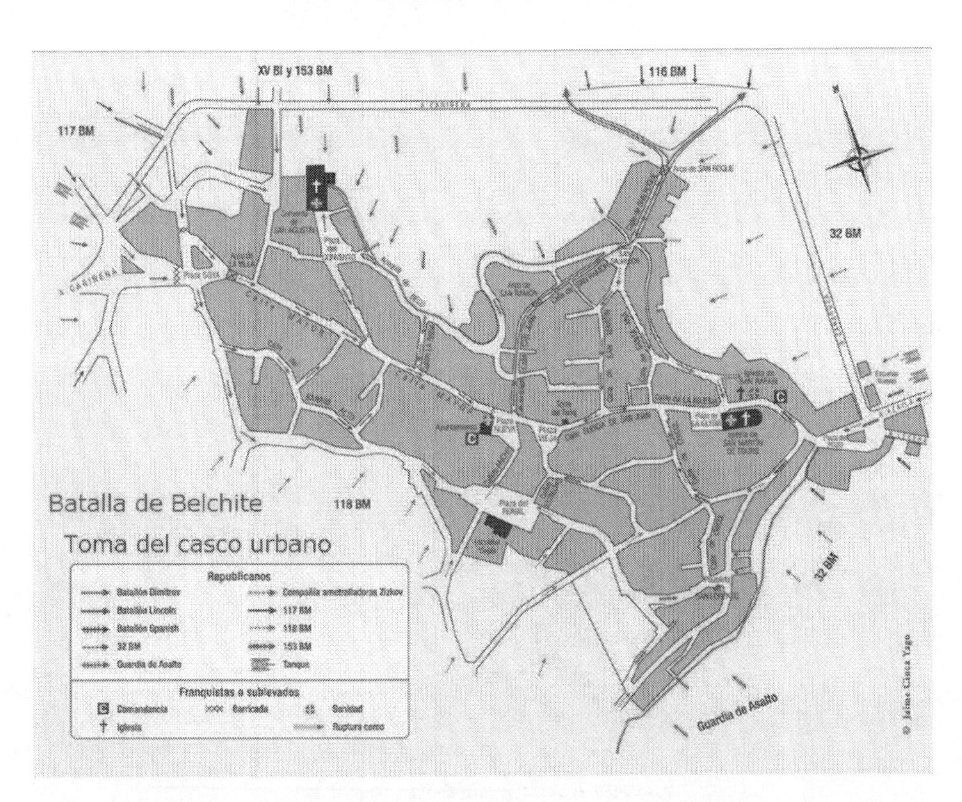

CAPITÁN RILEY

La continuación de la novela que acaba de leer —y que dio origen a la saga— se titula CAPITÁN RILEY. Una aventura protagonizada por Alex Riley y Jack Alcántara, quienes al mando de un pequeño buque de cabotaje y una estrafalaria tripulación de prófugos de tierra firme, navega por el Mediterráneo dedicándose al peligroso oficio del contrabando en tiempos de guerra.

A finales de 1941, Riley y su tripulación son contratados por el hombre más rico y peligroso de la España de la posguerra para recuperar un misterioso artefacto de un naufragio frente a las costas de Tánger. Una misión aparentemente sencilla, pero que inesperadamente se complicará poniendo en peligro la vida de todos ellos y precipitándolos al epicentro de una trama internacional de la que nada sospechan.

Una diabólica conjura que bajo el nombre de Operación Apokalypse, podría decidir no solo el futuro de la guerra que asola Europa, sino el de la humanidad misma.

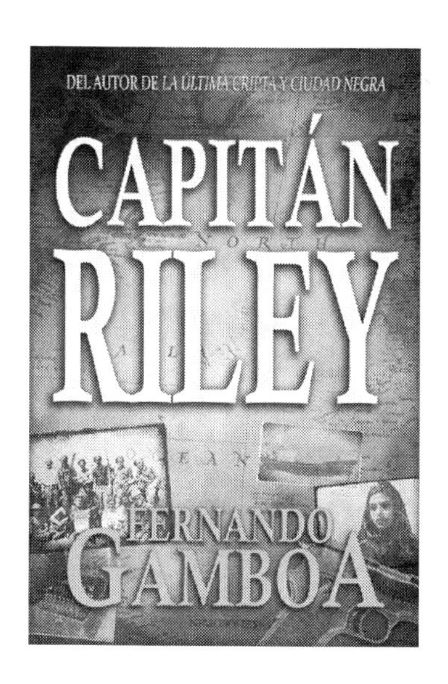

Nota del autor

Como autor abogo por ofrecer libros al menor precio posible —*Tierra de nadie* es un claro ejemplo de ello— para que la literatura esté siempre al alcance de cualquiera y el dinero nunca sea un impedimento a la hora de adquirirla. Pero para que esto pueda seguir siendo así en el futuro, necesito su implicación con un gesto tan simple como reseñar esta novela en la página de Amazon donde la compró, y que de ese modo otros lectores puedan conocer su opinión sobre la misma y se animen también a leerla.

Si desea información adicional sobre *Tierra de nadie*, ya sea en relación con personajes y acontecimientos históricos, mapas y fotografías, podrá encontrarla en mi página web o en la página oficial de Capitán Riley en Facebook.

Por último, quiero subrayar que *Tierra de nadie* es una obra de ficción y sin intención ideológica, política o revisionista, de modo que, aunque los nombres de muchos personajes que se mencionan son reales, no lo son en cambio las acciones o conversaciones que protagonizan.

La elección de tales personajes históricos para que aparezcan en la novela no es en absoluto coincidencia, pero de ninguna manera pretendo sugerir que aquello que relato sea cierto, ni que las palabras puestas en boca de dichos personajes hayan sido pronunciadas en realidad.

Tierra de nadie es una obra de ficción y así ha de ser interpretada.

Gracias por leerme y nos vemos en la próxima aventura.

Fernando Gamboa, también en:
Twitter & Facebook

Agradecimientos

Esta novela no habría sido posible sin la colaboración de muchas personas cuyo nombre no aparece en la portada. Por eso es de justicia destacar entre ellas, en primer lugar, a mis padres Fernando y Candelaria y a mi hermana, Eva. Los tres, apoyos irremplazables para sacar adelante todos mis proyectos.

Asimismo, quiero agradecer públicamente a Diego Román, Patricia Insúa, Eva Erill, María López-Cancio, Jorge Magano, Noelia Ruiz y, de nuevo, sobre todo a Carmen Grau, su inestimable ayuda y paciencia para ayudarme a corregir y mejorar el manuscrito original y convertirlo en la novela que ahora sostiene entre sus manos.

Y por supuesto, por encima de todo, mi más profunda gratitud a los cientos de miles de lectores de todo el mundo que leéis mis novelas y me animáis cada día a seguir escribiendo.

A todos y cada uno de vosotros, gracias de corazón.

Fernando Gamboa

Otras novelas de
Fernando Gamboa

GUINEA

Un thriller de aventuras en el corazón de África que te dejará sin aliento.

LA HISTORIA DE LUZ

Una historia de amor como no has leído jamás.
Basada en hechos reales.

LA ÚLTIMA CRIPTA

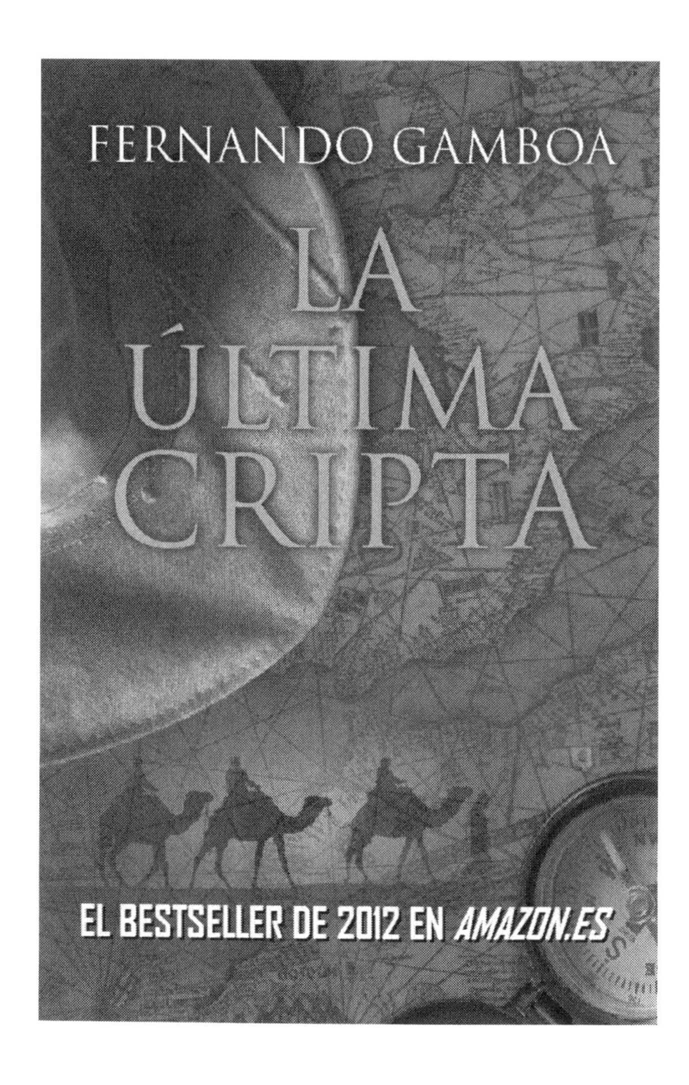

La novela más vendida en la historia de Amazon España.
Descubre por qué.

CIUDAD NEGRA

La espectacular secuela de *La última cripta*.
Un lugar imposible. Una aventura inolvidable.

Índice

Made in the USA
San Bernardino, CA
11 December 2015